五 | 集 | 电 | 视 | 纪 | 录 | 片

中国港口

人民交通出版社　组织编写

人民交通出版社股份有限公司
China Communications Press Co.,Ltd.

内 容 提 要

本片采取文献与纪录相结合的人文情怀的叙述方式，将世界港口和中国港口的梳理置身于大历史的纵深之下，遴选精要，对比解析。全片共五集：第一集长河帆影、第二集疾风浩荡、第三集秣马厉兵、第四集时势英雄、第五集远航之望，介绍了纵贯中华民族近代以来百多年的历史，以中华民族和世界的融合与冲突为线索，用国际化的视角，从港口历史、港口文化、港口贸易、港口科技、港口与城市等方面，重点诠释中国港口独有的文明及其令人瞩目的成就。

本书与电视纪录片《中国港口》配套出版，是各界群众认识港口、了解港口的一个窗口，欢迎选购。

图书在版编目（CIP）数据

中国港口／人民交通出版社组织编写．—北京：人民交通出版社股份有限公司，2016.3

ISBN 978-7-114-12866-0

Ⅰ.①中… Ⅱ.①人… Ⅲ.①港口－中国 Ⅳ.①U659.2

中国版本图书馆 CIP 数据核字（2016）第 046922 号

Zhongguo Gangkou
书　　　名：中国港口
著 作 者：人民交通出版社
责 任 编 辑：刘　君
出 版 发 行：人民交通出版社股份有限公司
地　　　址：（100011）北京市朝阳区安定门外外馆斜街 3 号
网　　　址：http：//www.ccpress.com.cn
销 售 电 话：（010）59757973
总 经 销：人民交通出版社股份有限公司发行部
经　　　销：各地新华书店
印　　　刷：中国电影出版社印刷厂
开　　　本：720×960　1/16
印　　　张：5.5
字　　　数：60 千
版　　　次：2016 年 3 月　第 1 版
印　　　次：2016 年 3 月　第 1 次印刷
书　　　号：ISBN 978-7-114-12866-0
定　　　价：28.00 元

（有印刷、装订质量问题的图书由本公司负责调换）

目录 MULU ——

第一集
长河帆影

这是 2015 年盛夏的一个午后,中国宁波舟山港高级引航员宣晓东登上了"地中海纽约"号货轮。

"地中海纽约"号货轮是超大型集装箱船舶,全长 399 米,可装载 1.9 万个标准集装箱。从宣晓东站到驾驶台上的一刻起,这艘巨轮的指挥权便掌握在他手中了。他镇定自若地用英语下达着舵令和车钟令,指挥着这条巨轮行驶过台风之后浑浊的东海海面。

黄昏来临,"地中海纽约"号货轮稳稳地停靠在了宁波舟山港四期集装箱码头。

此后的 8 个小时里,1320 个集装箱将被装上这艘货轮。

次日早晨的 7 点 30 分,"地中海纽约"号又将出发,它的下一个停靠地是中国香港葵涌码头。

在地球这颗蔚蓝色的星球上,海洋占据了 71% 的面积。

从远古时代起,生活在陆地上的人类,就一直把目光望向远方,想象着在大海的那头,世界会是什么样子。

港口是陆地与海洋的交汇处。从陆地走向海洋,考验着人类的勇气和智慧。我们的先辈曾经驾驶着简陋的船舶义无反顾地驶向海洋深处。因为他们知道,在彼岸有未开发的疆土,有财富和宝藏,有梦想和希望。

波澜壮阔的世界海洋贸易史和海洋物流史,是人类文明史中充满激情的重要诗篇。

港口既是人类远航梦想的起点,也是他们纵横四海的见证。

这里是宁波中国港口博物馆。

这座占地面积 78 亩的现代化建筑是我国目前规模最大、等级最高的综合型大型港口专题博物馆,是传承港口历史、港口文化的基地。

在这里我们能够找到中国港口最古老的遗迹，也能回望中国港口曾有的璀璨辉煌。

在这里我们还能够清晰地看到由一个个港口串联而成、举世闻名的海上丝绸之路。

海上丝绸之路与欧亚陆上丝绸之路相呼应，共同构成了连接亚、欧、非几大文明的贸易和人文交流道路。千百年来，"和平合作、开放包容、互学互鉴、互利共赢"的丝绸之路精神薪火相传，早已成为沿线各国乃至全世界共同享有的宝贵遗产。

在后世的史学家看来，海上丝路曾是近代西方新航路开辟以及大航海时代兴起之前，世界上最重要、最繁忙的贸易通道。

无计其数的丝绸、瓷器、茶叶、典籍等循着海路输往西方，而香料、明珠、宝石、象牙等则乘海船来到中国。

从南海到阿拉伯海，从西太平洋到印度洋，从东南亚到西亚、非洲，中国人、印度人、爪哇人、阿拉伯人、波斯人、欧洲人、非洲人以及他们信奉的佛教、伊斯兰教、基督教都曾在这条繁荣的航线上留下属于自己的印记。

在唐、宋、元和明朝前期，中国东部沿海的许多港口都是海上丝绸之路活跃的始发地，其中尤以广州、泉州、宁波最为著名。

广州作为"海上丝绸之路"的起点之一，历史痕迹在市内至今仍依稀可寻。广州的光塔路原处珠江河畔，据《汉书》记载，光塔路与今流花湖公园一带是广州重要的内港，南海神庙和香港屯门则为外港。

宋朝南渡以后，泉州逐渐取代广州港成为中国最大的贸易港。直到元朝末年，泉州港始终是中国对外贸易的第一大商埠，从这儿出发的商船频繁往来于海上丝绸之路沿线的近百个国家和地区。20 世纪 90 年代初，联合国教科文组织曾将泉州定为海上丝绸之路的起点。

据称，意大利人马可·波罗东来时，即被泉州港的繁盛景象所深深震撼，他这样叙述道："泉州是世界最大的港口之一，大量商人云集于此，货物堆积如山，实在令人难以置信。"当时，埃及的亚历山大港供应着欧洲各地所需的胡椒，而据马可·波罗估计，数量尚不及泉州港的百分之一。

伊本·白图泰是同时期伟大的阿拉伯旅行家，前后游历世界达 28 年。在他著名的游记中也忠实地记录了亲眼所见的泉州港的盛况。他写道："我看到港内有上百条第一流的大船，至于小船，可谓多得不可胜数。"

采访　阿拉伯语学者　翻译家　李光斌

他这个说法并不是空穴来风。这一个港口有 98 个国家跟它有联系，那确实是非常的了不起的一个大事。而且这个港口，按照伊本·白图泰的说法，这个船，海船，当时只有中国的泉州和广州能造，其他的地方造不了。当时要想到阿拉伯半岛去，没有中国船就去不了。而有中国船就可以走得很远。这个伊本·白图泰到中国来，他在印度那个地方雇的是中国船，坐中国船来的，这就证明了中国的造船业、中国的海上的运输是相当发达的。

时间来到了 15 世纪初，古代海上丝绸之路的发展达到了巅峰时期，而这也是它最后的辉煌。在今天的泉州古船陈列馆内，我们能够看到郑和第五次下西洋时，船队在泉州港石湖遗留的一个重达 785.3 公斤的铁锚"定海神针"。

郑和，这位中国明代伟大的航海家，先后率领两万七千多人，乘坐两百多艘舰船七下西洋，前后近 30 年时间，航程 10 万公里，到达过沿线 30 多个国家和地区。这一佳话至今仍被所到之处的人们津津乐道。今天，在东南亚、西亚、非洲的许多沿海港口，还都保留着郑和的船队曾经造访的遗迹，出土的中国陶瓷、钱币、丝绸比比皆是，很多地理标志还用了郑和的名字——"三保"来命名，如泰国的三保港、三保塔，印度尼西亚的三保洞、三保垄，马来西亚的三保城、三保井等。

采访 宁波中国港口博物馆馆长　冯　毅

郑和在下西洋过程当中，无论是他的这种政治交往、金融互通，他所传递的这种海洋精神，实际上影响了中国六百多年，一直影响到现在。也只有在这样的一种精神的召唤下面，在这样的一种策略下面，我们才能有我们中国的这种海洋精神，唤醒全人类，就共同编织世界和平发展的这么一种道路。

贸易的往来促进了文明的交流，来自不同民族、信仰不同宗教的商旅经由港口进入泉州，并在这里和谐共处。今天的泉州是名副其实的世界宗教博物馆，各种外来宗教的遗迹依然清晰可见，提醒着今天的人们，历史上繁荣、开放、包容的海上丝绸之路从未真正消逝。

采访 阿拉伯语学者　翻译家　李光斌

这本书名字叫《中摩文化印记》，是现任的摩洛哥大使夫人，花了一年多的时间，在中国各地搜集的一些图片，最后印成这样一本画册，把中国和摩洛哥相近的东西、相似的东西都搜集在这里了。比如说这个门非常相近，这是摩洛哥的，这是中国的；这个呢是阿拉伯的乐器，在阿拉伯叫作纳伊，在中国呢咱们叫唢呐，这是由阿拉伯传到中国的；这个是阿拉伯的欧德，到现在还在使，到传到中国以后呢，咱们就叫做琵琶了。

优越的地理条件是宁波、广州、泉州等中国港口千舟竞发，驰骋海上丝绸之路的重要原因之一。从全世界来看，优良的港口无不具有相同的自然属性。只有在满足特定条件的地理位置上才可能建设港口。

采访 **大连海事大学教授 栾维新**

这个地理位置的优越与否，是港口存在的前提，地理位置基本就决定了港口在全球这个运输网络体系中的地位和作用。自然条件是港口建设的一个基础，包括陆地上的地形是不是开阔，地质基础是不是扎实，也包括海域的水深条件是不是有淤积，冰冻条件，也包括是否有比较好的避风条件。因为港口是一种基础性的服务设施，它的效益主要是通过为客户运转货物来实现的。我们认为未来一个时期，港口腹地的争夺将是港口发展一个非常重要的因素。

这里是中国香港，有沙头角、深井、赤柱、大澳、大埔等 15 个港区。

其中维多利亚港区最大，面积为 41.88 平方公里，深度大约为 30 米至 40 米，大型远洋货轮可方便地进入码头和装卸区。

香港为世界各地船舶提供了安全便捷的停泊地。正是这一天然深水良港得天独厚的地理优势，为香港的发展打下了基础。

在广袤陆地上生活着的很多人，可能一辈子都没有见过大海，港口也仿佛离他们很遥远。然而，在经济全球化的当下，每个人的衣食住行又不可避免地与港口息息相关。

目前，世界范围内货物吞吐量超过亿吨的大型港口有 60 余个，分布在全球各大洲的海岸线上。以船舶运输为主体的全球运输链，将这些港口紧密地连接在一起，进而形成了遍及我们整个星球的贸易、物流和财富网络。

在二十一世纪的今天，港口作为海陆交通的集结点和枢纽，是人员、商品、资金、信息以及观念和文化的重要集散地。

这是招商局位于香港的亚洲最大的无柱式全空调米仓，储存了香港市场 70% 的大米。

这位是招商局香港粮食仓库的业务经理萧娟，已经快到退休年龄了。从她记事起，香港人吃的米，大部分是通过轮船从海上运来的。

香港目前每天消耗约 920 吨大米，全年消耗大米为 33 万吨。

同期声

阿兴，你刚才那票货还有多少板没有上来？

还有 5 板。

行，你把那 5 板货都铲进仓。

好。

这些大米主要依靠进口，泰国、越南、日本、中国大陆和台湾等是主要进口地。

这是位于渤海之滨的秦皇岛港煤炭码头，秦皇岛港是世界上最大的能源输出港。

这位是卸煤机维修班班长石小林，他在这个岗位上已经工作 13 年了。

在大秦铁路的终点安放着世界一流的煤炭装卸设备，从内陆省份山西发来的两万吨超长列车源源不断驶进翻车机房。在这里，满载煤炭的车厢像火柴盒一般被轻松地翻转。卸煤机的钢铁手臂昼夜不停，每组设备单机最高卸车能力达到 7200 吨/小时。从 1996 年开始，由石小林师傅维护的卸煤机组，已经将 8.2 亿吨煤运出了秦皇岛港。

山西出产的优质动力煤通过海运到达中国南方的火电厂，保证珠三角这个世界上最大的加工厂的动力引擎高速运转。

这是北京某展示设计公司的设计总监刘洋，每天奔走于展场和工作室之间。

这是匈牙利某化学公司的研究员瓦什·山多尔，他平日里的生活半径不超过 20 公里。

这是两位普通的消费者，日常生活中的这些用品就是经过港口和海运最终到达他们身边的。

目前，经由港口始发、海洋运输承担着近 90% 国际贸易量，海运货物都经由港口装卸中转。在洲际运输中，与铁路、公路、航空和管道相比较，船舶的载货量最大，可达性最强，因而与国民经济和人们日常生活关系紧密的各种大宗货物，特别是石油、矿石、煤炭、粮食等，基本还是靠海运完成。它们在港口被装上船，漂洋过海后，在另一个港口被卸下船，从而进入到生产、生活的各个环节中。

全球经济正是在这种周而复始的循环流动中获得持久的生机与活力。

从大历史的视角来看，这一局面的形成与近代西方资本主义的强势扩张息息相关。

公元 1492 年，也就是郑和最后一次下西洋半个多世纪后，意大利人哥伦布发现了美洲新大陆。1517 年，葡萄牙人麦哲伦率领 5 艘船、265 名船员，实现了人类历史上首次环球航海。

正如马克思在《共产党宣言》中所说，美洲的发现、绕过非洲的航行，给新兴的资产阶级开辟了新天地。

17世纪中叶以后，英国、荷兰等西欧国家先后爆发资产阶级革命，并相继完成工业革命。为了获取更大的利益，资本主义褪去了温情脉脉的面纱，在全球范围内加紧进行侵略扩张和殖民掠夺。

港口正是这一进程的重要出发点和见证者。

采访 澳门大学历史系教授　魏楚雄

那么到十六世纪开始，西方开始了航海史了，当然他们发明了蒸汽机、帆船，就开始大航海探险。那这个时候呢，他们又继续朝北欧，一直到特别是工业革命的时候，那时候荷兰、英国就比较发达了，那时候港口就往荷兰、英国、阿姆斯特丹、鹿特丹、伦敦，都是从那个时候发展起来的。

据记载，荷兰人停泊在港口的帆船就像是移动的森林，他们的码头和仓库里，堆满了箱、盆、桶和包裹，港口的简易机械来来回回卸载中国的丝绸、波罗的海的谷物、纽卡斯尔的煤、瑞典矿山的铜铁、西班牙的盐、法国的葡萄酒、印度的香料、新大陆的烟草以及斯堪的纳维亚半岛的木材。

伴随着西方国家大规模的原始积累和殖民掠夺，一条条崭新的东西方贸易航路被开辟出来。港口就像一个个枢纽节点，来往于港口间的航线共同编织出了全球性的贸易网络，资本主义世界体系逐渐形成。

相较于和平、多元的古代丝绸之路，这一历史进程无疑更为血腥而惨烈。

当西方列强的舰队从港口出发，在全球范围内横冲直撞、开疆拓土时，曾经开放包容、货通万国的中国却变得日益保守和封闭。而一度璀璀辉煌的古代海上丝绸之路也在此过程中逐渐走向衰落，难以再现各国商旅云集往还的盛况，以及郑和七下西洋的气象。

乾隆二十二年，即公元 1757 年，清政府下达了禁海令，仅允许广州成为全国唯一的对外贸易口岸。

当时间来到 1830 年，一艘名为"福士"号的英国蒸汽轮船，第一次到达了广东伶仃洋洋面。这艘现代商船上的水手在南海的晨雾中，凝视着中国大陆。这是史书中所记载的，当时并没有留下影像。因为现代照相技术直到 9 年以后才被发明出来。

正如列宁所深刻揭示的，资本主义如果不经常扩大其统治范围，如果不开发新的地方，并把非资本主义的古老国家卷入世界经济的漩涡中，它就不能存在与发展。幅员辽阔、资源丰富、人口众多的中国，自然成了英国和西方列强觊觎和争夺的市场。

1840 年，为了扩大对中国的资源掠夺和鸦片倾销，英国悍然发动了臭名昭著的鸦片战争。

在英军坚船利炮的猛烈进攻下，广州、厦门、定海、镇海、宁波、上海、镇江相继失陷。最终，清政府被迫签订了中国近代历史上第一个丧权辱国的不平等条约——中英《南京条约》。条约中除了赔款、割地等丧权辱国的条款之外，很重要的一条就是开放广州、厦门、福州、宁波、上海五个口岸，史称"五口通商"。

由此，外国入侵者在中国的海岸线上撕开了一道道裂口，正是通过这些裂口，丑恶而野蛮的殖民掠夺开始了。

1898 年，英国驻华公使窦讷致信清政府总理衙门，提出"开放内地航行外国船只"，在当时担任中国海关总税务司的英国人赫德拟稿并经清政府颁布的《内港行船章程》中，竟写入了"中国内港，嗣后均准特在口岸注册之华、洋各项轮船，任便按后列之章往来，专作内港贸易"，并特别指出所谓"内港"是《烟台条约》所说的"系指沿海、沿江、沿河及陆地各处不通商口岸"，逼使清政府开放列强所要航行到的中国全部港口。

大量的不平等条约、章程、专条，像一张无所不至的巨网，从各个方面束缚着中国，西方列强则据此为所欲为，控制着中国的通商口岸、海关、交通运输和对外贸易。

可以说，中国屈辱的近代史的第一笔，就是由港口开始写下的。今天，我们依然能在中国的一些港口看到列强在华竞逐的痕迹。

然而，古老的中华文明有着极其顽强的生命力。这些伤口在带来痛楚的同时，也刺激了新机体的生长。港城作为面对西方世界冲击的最前沿，既是近代中国遭受外来屈辱和苦难的缩影，也是近代中国探索近代化发展道路的窗口。

采访 上海海事大学教授 陈伟炯

列强确实是在对中国的资源的掠夺方面，也是非常之厉害。那么他们为了要实现这种利润、实现这种目的的话，他们对港口设施，为了他们自身的利益的话进行了相应的、有目的、有步骤的这种建设。那么像码头设施方面的话，像青岛的栈桥码头、威海刘公岛的码头、龙口港、连云港，都有相应的他们遗留下来的痕迹。

十九世纪中叶，天津成为开放港口。20世纪20年代，中国开放的商埠已达40余个。自北向南，有东北的安东、大连，华北的天津、烟台、青岛，华东的上海、宁波、温州、福州、厦门，华南的汕头、广州、梧州和香港、澳门，台湾的淡水、高雄，以及长江上、中、下游的重庆、万县、汉口、南京、镇江等港。

上海 1843 年开埠后，从一个仅有 20 余万人的市镇发展成远东乃至世界屈指可数的国际化大都市。所有的舶来文化，都会最先在港口城市呈现。19 世纪初，上海出现了最早的酒吧。

在上个世纪三四十年代，国际海运已经相当发达。上海被称为东方巴黎。欧洲最新的时装，50 天左右就会穿在上海名媛的身上去参加各种派对，这其实就是从欧洲到上海的海上运输的时间。

上海受外来文化的影响体现在很多方面。据专家统计，上海话中有 600 多个词是从英语中演化而来的。

采访 上海方言与文化研究中心主任　薛才得

上海呢在开埠以后，它有了巨大的发展，那么迅速跟国际接轨，成为远东的一个最大的城市。因此呢，许多外语和介词就进入到了上海话的方言里面，成为上海方言的一部分。甚至普通的人都不知道它是来自于外语，就好像上海话就是这么说的。比如说司拨灵锁那就是弹簧锁，开司米，开司米就是细毛线，这都来自英语。那么再比如说，有一个叫老克勒，老克勒这个词就是指一个人很有气质、很有风度、赶时髦，它来自于英语的 COLOR，就颜色、色彩，因为这个老克勒风度很好、又赶潮流，所以说他当然是多彩的了。

同期声

对，左舷船尾好了，第三个位置。

好的。

经过宁波港外的虾峙门航道，宣晓东将"地中海纽约"号集装箱船稳稳带进宁波港。

引航权是国家主权的一部分。

按照国际惯例，每个国家都有权对在其领土管辖区域内作业的外国船舶进行监督。而在旧中国，开放港口的同时，我们把港口相关的一系列权力拱手相让。以上海港为例，从1851年起由美国人任港务长，同年9月公布上海港口管理章程，外国船舶进出港和靠离泊指挥，国人无权过问；1854年起由英国人主持在上海港另设江海关，此后一直把持着港口引水权。

在中国的航道上，外国船只横冲直撞。在中国的水域内，我们却无权对他们进行管辖。

这样的情况在新中国成立后画上了句号。

外国轮船在我国港口肆无忌惮横行的年代一去不返了。

这里是伶仃洋，距离当年第一艘现代意义上的英国货船抛锚于此，已经过去180多年了。

如今，从伶仃洋北望，现代化的深圳港扼守珠江口。目前，它是全球最繁忙的集装箱码头之一，而它也正是新中国成立，尤其是改革开放以后中国参与全球经济合作的缩影。

20世纪70年代末，改革的大潮风起云涌。随着中国重新融入以海洋贸易为主要形式的全球贸易体系，港口再次成为了我们与外部世界交往时的重要窗口。

在近四十年以来，中国也逐渐成长为全球经济增长举足轻重的贡献者。2010年，中国的制造业产出占当年世界总产出的19.8%，略高于美国的19.4%，成为全球制造业第一大国，终结了美国垄断110年之久的最大商品生产国地位。

2013 年，中国的货物进出口总额为 4.16 万亿美元，超越美国成为世界第一货物贸易大国。作为目前的全球第二大经济体，中国已成为全世界三分之二以上国家和地区的最大贸易伙伴。

港口再次成为了中国国力复兴的见证!

采访 **交通运输部原副部长 徐祖远**

客观地讲，一个国家的，特别是一个大国的崛起，如果没有航运港口的贡献，在历史上也没有成功的案例，在未来也不可能没有港口和航运的贡献能够使大国崛起的。

改革开放三十多年来，我们的港口的建设速度在世界上是最快的，建设的质量是最好的，我们的装备能力是最强的，我们服务的效率是最高的，使我们的港口成为世界上港口发展的一个奇迹，更是中国经济腾飞的一个缩影。这三十多年的港口的发展，我们最大的感受就是我们的港口在保障中国的经济融合世界之中，没有拖后腿，而且起到了重要的支撑作用。

中国的发展得益于全面参与地区和全球经济合作。随着自身国力的提升，中国也更有能力和意愿为促进区域合作深入发展提出新倡议、新设想。

2013 年 9 月和 10 月，习近平主席先后在哈萨克斯坦和印尼提出了共建"丝绸之路经济带"和"二十一世纪海上丝绸之路"的重大倡议，简称"一带一路"。

同期声

东南亚地区自古以来就是"海上丝绸之路"的重要枢纽，中国愿同东盟国家加强海上合作，使用好中国政府设立的"中国－东盟海上合作基金"，发展好海洋合作伙伴关系，共同建设"二十一世纪海上丝绸之路"。

这是古代丝绸之路衰落数百年之后，中国再次以丝绸之路的名义向沿线国家发起的大型合作倡议。

它是对古代丝绸之路的传承，秉持着开放、包容、合作、共赢的理念。

它是对古代丝绸之路的发展。根据规划，21世纪海上丝绸之路的重点方向是从中国沿海港口经过南海到印度洋，延伸至欧洲；以及从中国沿海港口过南海到南太平洋。相较于古代海上丝绸之路，覆盖范围和涉及的国家都更加广大。

采访 复旦大学国际政治系主任　徐以骅

在古丝绸之路沉寂了数百年之后，在新的全球经济合作的格局之下，中国和丝绸之路沿线国家的经济纽带进一步加强，那么人员交往、贸易交往和经济交往日益频繁，为盘活和复兴丝绸之路提供了物质基础、现实基础、民意的基础。我们相信在平等互惠的基础上，有关各方在金融、能源、产业、交通以及文化等领域呈现了巨大的发展空间和合作的潜力。

在"一带一路"构想中，海上丝绸之路的核心是建设安全高效的运输大通道，并以此为基础构建海上经济走廊和海洋合作伙伴关系。

其中，港口是重要的节点，这是新时期赋予中国港口的光荣使命与担当。它再次成为了中国全方位参与全球经济合作的枢纽与支点。

二十一世纪的海上丝绸之路风正帆悬，让我们沿着这条被新世纪曙光照耀的航路，从港口出发吧。

第二集

疾风浩荡

这里是天津港集装箱码头。

每周都会有一天，这个码头上呈现出与平日不一样的紧张状态。很多穿着不同颜色工作服的人往来穿梭，一些与普通集装箱卡车不一样的车辆进进出出。

因为在这一天，运载一批重要货物的船舶会停靠在天津港集装箱码头，一架空客飞机的大型散件将在这里卸船。

2006 年春节前夕，欧洲空中客车公司正式宣布将在中国建立一条单通道的 A320 飞机总装线，选址在上海、天津、西安和珠海 4 个城市之间进行。到了夏天的时候，总装厂选址终于尘埃落定。中国国家发展和改革委员会宣布，北方港口城市天津在 4 个候选城市中脱颖而出，获得了空客在欧洲本土以外唯一的一条飞机总装线。

于是飞机大件卸船的任务就责无旁贷地落在了天津港身上。

目前，海运作为国际货物贸易运输的主要形式，承担了绝大多数原材料、工业制成品和大型装备的运输任务，从港口装卸涉及金额庞大的货物也早已司空见惯。但要成为在全球航空工业市场中赫赫有名的空客 A320 飞机大部件的指定接卸码头，对天津港和中国港口却还都是首次。在接受了这个任务之后，天津港专门成立了一个特殊的小组，来负责空客项目。

采访 天津港集团集装箱码头公司机械装卸司机 李士钢

2008 年吧，我们接到了接卸空客的任务，当时对方港口，只是提供了一个接卸的模拟视频，它具体怎么操作，怎么个操作规程，它有一个材料。当时我们拿过来以后呢，公司领导包括基层的各个单位，都进行了充分的研究和准备。

到那天正式卸的时候，来了很多人，肯定是紧张，我们上去以后，就是先保养好机设，因为我们有规定，在接卸空客之前的前一天，必须由包括故修站、机电科在内的所有技术人员对机设进行检查，保证万无一失。在这个接卸空客作业之前，还要进行检查一遍，确保万无一失。因为当时2008年7月份吧，当时第一艘船来了以后，因为是头一次嘛，许多都在探讨之中，用了将近4个小时吧。

说起承接空客大件卸船任务的这个码头还真是不一般，它是中国大陆第一座集装箱专业化码头。从1974年6月开始，经过7年的建设，第一个泊位于1981年12月正式交付使用，天津港成为中国大陆最早开展国际集装箱运输业务的港口。

天津港也是新中国成立后第一个自行改建完成的新港。这里，我们能看到新中国港口建设的奋斗历程。

解放初期，共和国百废待兴。中央政府确定了"为恢复生产服务"的航运工作方针，港口发展以技术改造、恢复利用为主。

此时，历经战火的天津港由于长期失于疏浚，航道淤塞，船舶难行，几近死港。3000吨级的船舶只能在大沽口外停留过驳，再由小驳船把货物转运上岸。大船进了天津，却进不了天津港。港口装卸主要依靠肩抬人扛。因为生产工具简陋，北方一些港口的装卸工人被称为"1970部队"。1是杠棒，9是铁锹，7是钢镐，0指的是大筐。

为了发展国内经济，打破外部封锁，中央决定在北方重点扩建天津塘沽新港、在南方新建湛江港、在长江干线新建芜湖裕溪口煤炭码头等。

采访 天津港集团员工 收藏爱好者 王 剑

天津新港是当时举世瞩目，老百姓也通过很多日用品的商标，新港商标了解了天津港。这是当时以新港牌命名的布标，就是在每匹布上要贴一个商标。这个商标就被命名为新港牌。您比如说这个酒，白酒商标，当时用这个新港的装煤机作为商标，这个当时是全国三大酒厂之一。这是它的第一枚白酒商标，就叫新港牌。

不仅许多商品以"新港"作为商标，连新中国成立后天津最早的一份文学刊物都命名为《新港》。在《新港》的创刊词中有这样一段话：这将是文学创作的《新港》，让人们从这个新辟的港口，得到更多的精神食粮……在各个岗位上的有志于文学事业的青年战友们，请你们到《新港》来靠港。

诞生在天津的中国第一支筑港队伍，靠着简陋的疏浚工具和满腔的建设热情，硬是在淤泥浅滩上挖出了一条可供万吨船舶航行的人工航道，把旧中国留下的死港修复建成了能停靠万吨级轮船的新港。

1952 年 10 月 17 日，万吨巨轮"长春"号驶入天津新港，嘹亮的汽笛声宣告了天津港的新生。这一年的 10 月 25 日，毛泽东主席亲临天津港，在这片浴火重生的热土上留下了"我们还要在全国建设更大、更多、更好的港口"的豪言。

1958 年至 1959 年，为缓解煤炭运输压力，秦皇岛港创造"一条龙大协作"机制，开创了中国"产、供、运、销"联合运输组织形式。港口当年完成吞吐量 510 万吨，创港口吞吐量历史新纪录。

1960 年，中央提出恢复与发展国民经济的"调整、巩固、充实、提高"的八字方针。中国港口开始在装卸、筑港、疏浚、船检、设计和港机生产的机械化程度等方方面面发力。

据当时的新闻报道，通过加快装卸机械化半机械化建设，上海港逐步摆脱了装卸工人祖祖辈辈传下来的杠棒、绳索和箩筐，装卸效率有较大的提高。原来卸一艘 700 吨级煤炭船需要 3 到 4 天，到 1961 年卸一艘万吨级煤船只需 1 天。

同期声

真是个装不完、卸不尽的上海港，千轮万船进出忙。

采访　上海振华重工生产运营副总监　翟　梁

那个时候只有八个样板戏的时候，里面就有《海港》，《海港》是其中之一。那么《海港》里边有一段情节，有一段唱马洪亮吧，好像是马洪亮唱，其中，大吊车，真厉害，成吨的钢铁轻轻一抓就起来。

同期声

大吊车，真厉害，成吨的钢铁，它轻轻地一抓就起来。

"大吊车，真厉害，成吨的钢铁它轻轻地一抓就起来……"这一唱段红遍大江南北，成为了我国港口工人自豪感的写照。

《海港》原来是一部淮剧，名叫《海港的早晨》。

1967 年春，几经修改的京剧《海港》赴京参加《在延安文艺座谈会上的讲话》发表 25 周年纪念演出，毛泽东主席看完之后给予肯定，并提出了修改意见。

修改后的《海港》1972 年 1 月正式公演，中央人民广播电台随即播送了全剧的录音。

后来，上海电影制片厂先后拍了两次同名彩色戏曲片。一夜之间，《海港》这部戏家喻户晓。

采访 **上海振华重工生产运营副总监　翟　梁**

大家印象深刻。那么我当时因为从事这个港机设备的制造厂的人员来说，那是更感兴趣的。因为的确那个大吊车出来之前，完全是靠码头工人，靠肩膀扛这个大包一包一包把它卸下来，一包一包装上去。通过大吊车就把沉重的、繁重的工人劳动解放出来了。

从 20 世纪 50 年代到 70 年代初，通过有计划、有重点的旧港口改造和新港口布局，全国主要港口的泊位从 161 个增加到 617 个，港口货物吞吐量也从新中国刚成立的 1100 万吨猛增至 1972 年的 1.5 亿吨。

时光流转，进入 20 世纪 70 年代，中国所处的国际环境也悄然发生了变化。随着我国恢复联合国合法席位，与美国、西欧、日本外交关系改善，对外贸易也迅速扩大。然而当时，我国的港口却远不能适应激增的贸易需求，港口吞吐能力不足，船舶压港、压舱、压车等情况日趋严重。

在此形势下，加强港口建设成为了迫在眉睫的战略选择。

1973 年 2 月，周恩来总理发出了"三年改变港口面貌"的号召，新中国迎来了第一次港口建设高潮。大力建设新码头、努力提高港口吞吐能力成为了这一阶段的主要特征。通过贯彻"大中小港口并举、新建与改造并举"的发展方针，全国各个重要港口抓紧落实建设项目，先后建成了一批急需的新港区和专用码头，中国港口开始拥有 5 万吨级散货码头、10 万吨级原油码头。

到 1978 年，全国主要港口泊位数已增加到 735 个，万吨级及以上泊位达 79 个，港口新增吞吐能力 1 亿多吨，总吞吐量达到近 3 亿吨，其中外贸货物吞吐量近 6000 万吨，成为中国港口发展史上的重要里程碑。更为可喜的是，我们逐渐培养出了一批自己的港口设计施工队伍，为中国港口的后续发展奠定了基础。

1978 年 12 月，党的十一届三中全会做出了"以经济建设为中心"的重大战略部署，改革开放的号角开始在东方大地吹响。

为了更充分地吸收中国香港、日韩和西方发达国家的资金、人才和技术，顺应以海洋贸易为主要形式的国际贸易和运输体系，全面参与全球经济合作，国家确立了优先发展东部沿海地区的区域发展战略。在东部沿海地区尤其是率先开放的 5 个经济特区和 14 个沿海城市中，港口则成为了支撑外贸发展的关键性基础设施和进出窗口。

就在这一时期，我国掀起了第二轮港口建设高潮。北方沿海建设了秦皇岛、青岛、日照、连云港等港口的煤炭装船码头，南方沿海则建设了上海、宁波、厦门、广州等港口的煤炭卸船码头。沿海开放城市和经济特区开辟了新的深水港区。

招商局蛇口工业区位于深圳南头半岛东南部，东临深圳湾，西依珠江口，与香港新界的元朗和流浮山隔海相望。

1979 年 10 月 4 日，广东省深圳市蛇口的五湾和六湾之间一座小山坡被整体掀起。蛇口第一爆，成为改革开放的经典镜头。港口成为了改革开放的最前沿。

为了响应国家号召，招商局的一批创业者来到蛇口。而建设工业区的第一件事，就是新建码头。

思想的解放带来了生产力的发展，当时主持招商局全面工作的袁庚提出了一个大胆的口号。

采访 原招商局集团研究部总经理　梁　宪

所以在 1981 年，有一天，他从香港过来，在船上就拿个纸条写了时间就是金钱、效率就是生命。这个口号的提出，大家赞成的人不少，但是反对的人、担心的人也不少。就是说，你蛇口工业区，你袁庚，只讲钱，不讲政治，只往钱看，这是资本主义的口号。

1984年1月26日，邓小平同志第一次到深圳来视察，到深圳来就直接到了蛇口，在前一个晚上，到的前一个晚上，袁董得到了消息，连夜搞了两块标语牌，我们坐一个面包车里面。这个面包车经过这个标语牌前面的时候，袁董点子来了：小平同志，我们过去几年遇到很多困难，但是呢我们想克服各种困难，来加快建设速度，我们搞了一句口号，叫时间就是金钱，效率就是生命，对不对？话还没讲完，小平同志的小女儿毛毛就说了，袁叔叔，我们看到了，我们进来路口就看到了，不就是时间就是金钱，效率就是生命那个口号吗？讲到这个，重复了一下。然后，小平同志说"对"。我那时候听得清楚，就是"对"一个字，多少年的心头大石头就放下来了。

到了上海，听说是开了一次会议。在会议上，小平同志发表讲话，讲话里面有这么一段，说最近我到南方走了一趟，深圳的发展速度很快，蛇口更快，他们有句口号叫时间就是金钱，效率就是生命。这是对这句口号有文字上的肯定。这种肯定是收在《邓小平文选》里面，有字为据的。

这是一只复刻版的泰迪熊。今天，它静静地坐在盐田国际港区展览大厅里，成为了一段历史的见证。

1994年7月20日，深圳的盐田国际港区迎来了第一艘远洋巨轮——"马士基阿尔基西拉斯"号，它所运载的就是发往美国的玩具泰迪熊。

那一年，整个盐田港区装卸了一万个标准集装箱，只相当于今天深圳港4个小时的装卸量。到2013年1月8日，盐田港累计完成了1亿个标准箱的装卸。

这就是深圳速度。

这几只马克杯上面印的是目前与盐田港区有业务往来船运公司的标识，熟悉海运业务的人一看便知，这是全球航运领域最豪华的阵容了。

采访 交通运输部原部长 黄镇东

港口在改革开放三十多年来经历了两次大的改革：一次改革起源于上个世纪 80 年代后期到 90 年代中期这段时间，就是管理体制的改革，这次改革就把中央直接管的、特别重要的、规模以上的十四个大港口下放到省市与所在地来管辖。因为这次改革的核心问题解决了港口发展的动力问题，也就是说过去只有中央一个积极性，现在下放给地方以后等于是调动了两个积极性。第二次改革应该是在上世纪 90 年代中期到本世纪初这一段，这一段改革主要是港口实行了政企分开。

祝庆缘是天津港的老员工了，从基层的工人一直干到了港口负责人。

在几十年的港口生涯中，他印象最深的是改革开放以后简政放权给港口带来的生机。

采访 原天津港务局局长 祝庆缘

港口从 20 世纪 70 年代开始，就出现了比较严重的压船的局面。那么全国重点港口都在压船。天津港压船到什么程度呢？严重！天津港仅有十几个泊位那时候，在外边等待进泊位的有三百多条，最多的有的船压到一百多天。

当时在研究给港务局扩权的时候，组织这么一个会议，我参加了。那个会议李瑞环（时任天津市市长）首先表一个态，他说咱们这次港口，国家已经批准天津港体制改革，那么咱要扩大天津港的权限。

小平同志是1986年8月21号视察天津。他就说了那么几句话，他说，看来你们这个改革是很成功的，你们人呢还是这些人，地呢还是这块地，一改革呢效益就上来了。那么这个改革无非就是给你们权，一个是人权，一个是财权，你们有了人权和财权，什么事儿都好办了。

进入新世纪以后，随着我国正式加入世界贸易组织，与全球经济的联系更趋紧密。新一轮港口管理体制改革启动，《港口法》和《全国沿海港口布局规划》先后颁布出台，我国进入了建设港口强国的新阶段。

广州港地处我国外向型经济最活跃的珠江三角洲地区的中心，国际海运通达80多个国家和地区的300多个港口，并与国内100多个港口通航，是中国华南地区最大的对外贸易口岸。2004年9月，广州港南沙港区破土动工，已陆续投产了一、二、三期工程12个深水泊位，配备了世界一流的信息系统和机械设备，凭借地处珠三角中心，经济腹地广阔的良好区位，以及深厚的港口文化沉淀，南沙港区拥有华南地区最佳的物流综合优势，成为广州港发展集装箱运输的主力码头。

这里是正在建设中的洋山深水港。

早在上世纪90年代，长江口航道经常被泥沙淤积所困扰。每当这个时候，许多船舶只有等到涨潮才能在上海港靠泊，极大地影响了工作效率。为此，来自国内外的近千名专家，开始为上海寻找水深15米以上的港区。经过反复论证，目标最终锁定为距海岸约17海里远的大小洋山岛上。这两个孤悬于茫茫东海的弹丸小岛，一跃成为世界领先的离岸式集装箱码头，成为上海港国际航运中心建设的"点睛之笔"。

2005年12月10日，洋山深水港区一期工程顺利开港，这是中国最大的集装箱深水港。

洋山港具备建设 15 米水深港区和航道的优越条件，距离国际航线仅 56 海里左右。2010 年，由于洋山深水港的加入，上海首次超越新加坡，成为全球最繁忙的集装箱港口。洋山港的启用改写了世界航运的版图，甚至直接影响整个东亚的海运格局。譬如，原来由韩国釜山港中转的物流量估计将因此有所减少。

2014 年 12 月 23 日，上海国际航运中心洋山深水港区四期工程正式开工建设。建成以后，上海港的年吞吐量将突破 4000 万标准箱，这个数字是目前全球港口年吞吐量的十分之一。

采访 交通运输部原部长　黄镇东

上海国际航运中心的建设是党中央国务院在（20 世纪）90 年代初期的时候提出的一项重要决策。实际上现在来看，是适应我们国家经济全球化的需要，从周边国家来看，也是一个处在竞争状态下，比如日本的神户、韩国的釜山、台湾地区的高雄等等，都是跃跃欲试。当时长江口的水深只有 –6.5 米，这样的水深不仅影响上海港的发展，也影响整个长江的经济的发展。所以在上个世纪 90 年代末期到本世纪初的十几年当中，中央、交通运输部和上海市、江苏省集中精力对长江口的深水航道工程进行整治。这个工程在世界河口整治上可以说是一个很成功的实践典范。从 –6 米到 –12.5 米，提高水深是 6 米，在我们长江运输特别内河运输上，我们有句行话叫寸水寸金，多一米多一寸的船舶吃水等于是多一寸黄金一样的那么宝贵。这样，江苏的南京以下的港口实际上是海港化了，那对整个的长江发展，特别是黄金水道的作用，落实中央提出开发长江经济带，或者和现在的"一带一路"，这个工程都起了关键性作用。

港口与它所依托的城市，从来都是不可分割的整体。港口是一座城市展示自己的窗口，是城市望向远方的眼睛，也是这座城市发展的引擎。

在我国众多的沿海港口城市，远航的货轮、巨大的桥吊、鸥鸟纷飞的码头总是他们对家乡深刻的怀想，也是市民们骄傲的谈资。

这里是宁波舟山港的宁波港域，目前已基本形成了一条绵延20多公里的沿海临港工业带。临港工业在全市工业中占有1/3的比重，形成了以石化、钢铁、机械设备、造纸、汽配及修造船、能源六大行业为主的临港工业体系。

这里是宁波舟山港的镇海港区，目前已建成具有万吨级和三千吨级的两座煤炭专用码头，由秦皇岛运来的优质煤在这里卸船用于发电，为长江三角洲地区这部中国经济引擎的高速运转提供充足的动力。

为了使煤炭码头更好地融入城市景观和市民生活。2014年，港口邀请中国美院对港区的景观色彩进行规划设计，原本沉重、灰黑、黯哑的色调被五彩缤纷的颜色取代。

黑色的煤堆、信号色的输送带、彩虹般的吊机出现在蓝色的天空和大海的背景面前，这是一幅多么美好、和谐的画卷。

港口是探望亲人的出发地，也是迎接故人归来的怀抱。

港口间的往来，不仅缩短了海峡两岸的物理距离，也缩短了人心之间的距离。港口是两岸三通的先驱，也是民心的见证。

目前，两岸间海运直航的港口已经达到85个，直航船公司增加到120家。新开辟了6条大陆至台湾客运航线，其中最为快捷的航线是由平潭岛出发，2个半小时便可以航行到台中，3个半小时即可抵达台北。

这里就是福建平潭岛，距离台湾仅68海里，也是最新获得国家批准建立的自贸区。

2014 年 6 月 17 日，台湾免税市场在平潭综合实验区正式开市，这是继福建厦门大嶝岛对台小额商品交易市场后，大陆第二个对台小商品免税交易市场。这里有琳琅满目的台湾传统食品、家居用品和工艺品，吸引了很多福州居民前来购物，同时也通过电子商务的形式发往全国各地。

采访 台商 潘莲琴

我这家店是第一号楼第一个店。6 月 17 号开幕的时候，尤权书记来关怀。这就是开幕的时候的我。当时长官呢，好多人来，我们都很开心。那一天，我的货两个小时就一扫而光。

中国港口的建设离不开一代代港口人的努力。今天，在大连、上海、福建、广州、武汉，这些著名港口城市的大学里，都有着与港口相关的专业，莘莘学子的远航梦想将在这里启程。

每年的 7 月 11 日为中国航海日，2015 年中国航海日活动在宁波市举办，主论坛围绕"21 世纪海上丝绸之路建设"，以"再扬丝路风帆，共筑蓝色梦想"为主题，提出了"大航海新丝路"的口号，请各方人士畅所欲言共商大计。

中国的港口是古老的，又是年轻的。

在这片东方土地上，中国的港口背负了厚重的历史传承，同时在机体深处，又携带着新世纪不可阻遏的生长基因。

这个小伙子名叫王海峰，是宁波港的一名桥吊司机。他的安全帽与其他司机的不同，在阳光下熠熠闪光。这个头盔是金牌司机的标志，也是王海峰无比珍惜的荣誉。在 2012 年 9 月 4 日，他创造了每小时作业 235.6 个自然箱的桥吊单机效率世界纪录。

采访 宁波舟山港集团有限公司桥吊司机 王海峰

我爸是一个渔民，而我从小就在渔船上长大，这桥吊晃动得很厉害，我们有些桥吊司机在上面待久了，就会感觉到头晕眼花，甚至恶心呕吐。而我呢，因为从小就跟随老爸在渔船上出海打鱼呀，所以说比较适应这种环境。我老爸很喜欢站在码头上看这些大货轮，他说他从来没见过这么大的货轮，而且能够在短短的几个小时之内，就能装卸这么多的集装箱，感觉到非常的神奇，就好像变魔术一样。

让我们再次回到天津港集装箱码头。

这是在集装箱码头接卸的第 252 架空客飞机了。所有的程序一丝不苟地进行着。暮色中，装载大组件的卡车驶离码头进入堆场，它们将在这里等待约 24 小时，再通过公路运输到开发区的空中客车组装厂。大约四十天之后，这些大部件将组装成一架空中客车 A320 飞机，呼啸着飞上蓝天。

今天，如果从遥远的天空向下俯视中国 18000 公里的海岸线，将会发现这样一个情形：尽管中国的海岸线长度仅占全球海岸线的 6%，但无数港口星罗棋布。如果说海天相接处是大陆美丽的裙摆，那么港口就是镶嵌在裙摆上熠熠闪光的珠链。

新中国成立 60 多年，尤其是改革开放以来，中国的港口建设取得了举世瞩目的成就。目前，我国沿海已形成环渤海、长江三角洲、东南沿海、珠江三角洲和西南沿海的 5 个现代化港口群体，基本建成了包括集装箱、煤炭、石油、铁矿石、粮食、商品汽车、陆岛滚装和旅客运输等在内的综合性、立体式运输系统。

从空中俯视，今天的中国港口是如此繁忙，全球海运货物的 30% 在这里装卸。全球吞吐量最大的十个港口，八个在中国。巨轮推进器搅动起的白色浪花，遍布中国东方的沿海海面。自 2003 年以来，我国港口货物吞吐量和集装箱吞吐量一直位居世界第一。

从 2011 年起，中国港口的年吞吐量超过了一百亿吨。一百亿吨是个什么概念？据联合国人口基金会发布的数据，2011 年全球总人口约为 70 亿，相当于在那一年，中国港口为全球每个人平均运送了 1.42 吨的货物。

采访 青岛港集团总裁　成新农

中国港口伴随着中国经济的快速发展，这几年应该都取得了长足的发展。中国港口在世界整个港口应该取得的这个地位，得到了很显著的提升。伴随着国家"一带一路"战略的实施，中国港口怎么样加快国际化步伐和港口走出去战略，也是中国港口下一步的一个发展战略。

采访 资深船长　王吉宣

随着中国港口的名声越来越响亮，很多船公司利用中国港口的名字给自己的一些新船命名。比如德国的 Hapag – Lloyd 将其自己新的一万三千标箱新船，命名为 SHANGHAI EXPRESS 和 NINGBO EXPRESS，希腊的 Image Trading 将其自己三十万吨的原油船命名为 DALIAN。

随着这些巨轮在浩淼的大洋上航行，也将中国港口的名字传扬到了全世界。

60 多年来，古老而年轻的中国港口苦练内功，在深度参与全球经济合作中积蓄能量与经验。随着"一带一路"建设的全面展开，它的价值将被更加深刻地发现和解读。中国港口将成为"一带一路"宏大战略中的发力点和尖兵。

第三集

秣马厉兵

这里是浙江省舟山市六横镇。

这一天，镇上的一家饭馆里来了两位印度客人。这让我们颇感奇怪，因为六横镇并不是一个传统意义上的旅游区。

原来，他们是来六横修船的。

这里是舟山市龙山船厂，创建于 1975 年，是浙江历史最悠久的船厂之一，拥有华东地区首座大型巴拿马型修船坞。船厂门口悬挂着几面旗帜，表明目前这些国家和地区有船舶正在厂里维修养护，但眼前所见却还远远不是全部。

IGOR 先生来自欧洲国家斯洛文尼亚，长得人高马大。

目前，他正作为技术督导负责一艘欧洲散货船的进坞修理。IGOR 先生第一次来中国是在 1989 年。那时候他作为船上的大副随船航行来到上海港。自那以后，他又陆续到过中国的很多港口。

采访 **露西亚号散货船技术督导　IGOR**

我去过中国的很多港口，在过去的十到十一年间，如果从北边开始有，我说的都是大港，也有一些小港。有大连、天津新港、山东的青岛、连云港在江苏，然后是上海、南通、江阴、镇江、太仓在江苏，然后厦门在福建、广州黄埔，还有深圳蛇口在广东省，也可以是一些其他的，也不错。这实际上是大多数港口。我可以说，所有这些港口都是极有发展、非常有效率的地方。

我们都知道，欧洲有很多传统的航海大国，造船、修船工艺水平都很高超。那为什么他们会选择来舟山修船呢？

采访 露西亚号散货船技术督导　**IGOR**

中国是一个发展中的国家，进口了很多货物。很多船载着货物来到这里，我们通常会借这个机会修船。船公司会趁这个时机把货物运来，接着就找个当地的修船厂。因为价格合理，品质有保障，每个人都很满意。

龙山船厂主要修理散货轮、集装箱轮、油轮和各类特种船舶。在中国东部漫长的海岸线上，分布着很多这样的船厂，几乎每天都有外国船舶进进出出。

这些船厂的附近，总是坐落着国际业务繁忙的大型港口。大量的国际货船，往来于中外港口之间，其中一部分会在港口卸下货物后，选择就近的船厂对船只进行修缮保养。这既体现了业界对中国船舶工艺水平的认可，也从侧面反映了中国与全球经济联系的紧密程度。

在以海上运输为主要载体的当代国际贸易格局下，港口成为了中国深度参与全球经济合作的窗口和起点。

这里是繁忙的珠江三角洲。

30多年来，这里一直有着一个响当当的名号——"世界工厂"。

这是一件普通的国产小家电，在佛山市顺德区的国际货场被装入一只40英尺的集装箱。这只箱子先是在码头被装上驳船，在深圳蛇口港区的货场等待4天后，又登上了一趟国际货运班轮。之后，它将沿着美西航线穿过浩森的太平洋，到达美国西海岸。然后，在港口被卸下、分拣，再沿着各自的物流渠道，最终送达美国普通消费者的手中。

两个月时间，一万八千公里，经过漫长的海上航程，中国制造的小家电借由港口、货轮和集装箱，完成了一次洲际旅行。类似的一幕，每天、每时、每刻都在发生。

集装箱如同鸟群，在大洋之上，不知疲倦地往来飞行着。美国人马克·莱文森曾专门写过一本关于集装箱的书，名叫《集装箱改变世界》。在书中，他这样评价集装箱的历史意义："成吉思汗发明的马镫改变了世界史，而集装箱改变了全球的贸易流，如果没有集装箱就不会有全球化。"

采访 交通运输部水运科学研究院副院长 贾大山

现代集装箱运输大体经历了四个阶段。第一个阶段，就是19世纪，1801年，安德申博士首先提出集装箱运输的概念，开始到了185几年，开始出现跟现代集装箱运输很像的这种东西；然后呢，到了20世纪的前50年，应该说，在美国、德国、法国开始进行这方面的实验性的运输，紧接着是在意大利和日本开始进行这样的实验性运输，为今后集装箱运输的发展，奠定了很多理论上和探索实验上这个基础；然后进入后50年，应该说，特别1956年，是我们集装箱运输发展的创世纪的一个时期，这个理想X号运送集装箱从这纽约港到休斯顿开始我们现代集装箱运输的先河；紧接着就是1966年，美国海陆公司从美国东海岸到鹿特丹港，还有不来梅港，开始了跨大西洋航线的集装箱班轮运输。也就是说，经过从1956年到1966年，十年，集装箱，现代集装箱运输完成了它的创立时期。之后，又开始在全球大范围的推广和快速的这个增长。

今天，在国内港口的堆场上，我们能看到各种规格的箱子，有20英尺、30英尺、40英尺和45英尺箱，还有高度略高一些的所谓高箱。按照国际标准，以20英尺集装箱作为标准箱单位，来计量其他不同尺寸的集装箱。例如，1个40英尺普通集装箱被计算为2个标准箱。

集装箱的发明与使用堪称运输业的一次革命。它将工业化的思维带入运输领域，大大提高了运输效率，降低了物流成本，使得全球经济和贸易一体化真正成为可能。

采访 中国航海日活动组织工作委员会办公室常务副主任　胡平贤

国家工业化的一个重要的特征就是实行标准化。过去杂货运输基本上依靠人工装卸，效率低，事故多，质量也得不到保证。通过采用集装箱以后，这个效率就会大大提高。集装箱不但箱有标准，而且能够做到集装箱船、车、堆场和装卸设备也能实现标准化。这样像过去一个杂货船大约要用上百个工人和一周时间，现在要用集装箱来装卸的话，大约只要几个人，几个小时，就能完成。那么，以服装的出口为例，以前的服装出口，由于在运输当中的挤压，它的质量受到影响，那么它的价格，就会大打折扣，现在的服装采用集装箱运输，它是挂在衣架上，质量不会有任何的影响。所以采用集装箱运输，不但提高了效率，降低了物流的成本，也保证了货物的质量。

对于普通的百姓而言，一只集装箱到底能装多少货物，大家并不知晓。专业人员告诉我们，一只40英尺的集装箱，能够放进3000套西装或者200台50英寸的平板电视。

港口集装箱的吞吐量，反映了中外间贸易关系的规模。作为世界上最大的制造业国家和货物贸易国，我国已连续10多年位居世界港口集装箱吞吐量第一。2014年，全国港口完成集装箱吞吐量首次突破两亿标准箱大关，全国港口完成货物总吞吐量112亿吨。

港口就像一支温度计，在一定程度上反映着一个国家国内经济和对外贸易的热度。港口也像一张风云图，港口排名的变化，勾勒出世界经济重心转移的路线图。

伴随着世界经济格局的演变，全球的港口也经历着各自的兴衰变迁。从十九世纪末开始，美国的崛起使世界航运的中心逐渐从西欧转移到了美国，大西洋两岸的航线是全球最繁忙的贸易路线。自 20 世纪五六十年代起，日本经济复苏，亚洲四小龙经济腾飞，全球的生产基地逐渐向东亚转移，使该地区涌现出了一批可与欧美传统大港比肩的国际性港口。

我国台湾地区的高雄港，见证了台湾经济和贸易地位的繁荣与衰落。高雄港是台湾南部最重要的商港，也是最大的综合性海港。在 20 世纪 80 年代，它的货物吞吐量曾长期位居世界第三，仅次于香港和新加坡。那段辉煌的过往，至今仍然让许多台湾人自豪和怀念。

我国东部沿海所处的亚太地区，是当前世界经济发展最活跃、海洋运输最繁忙、国际经济核心城市分布最密集的地区之一。

中国港口的崛起，带动了沿海和整个中国经济的腾飞。中国的经济奇迹，也使中国港口惊艳世界，成为近三十年来国际海运史上最大的亮点。

今天，全球经济的中心和增长引擎在亚太，世界航运的中心也在亚太，更确切地说是在中国。2014 年，按港口集装箱吞吐量大小排名，中国港口在前十名中占得七席，而在货物吞吐量前十名的港口中，中国港口更是包揽了八席。

采访 交通运输部总工程师　赵冲久

中国作为全世界 GDP 第二的国家，外贸货物的总量排世界第一位。我们外贸货物百分之九十左右是通过港口来完成的。因此，中国港口在世界物流链中的骨干地位是十分重要的。

这里是繁忙的深圳盐田港区，现有 16 个深水泊位，总长度达到了 7885 米。在港区内，密集而有序地排列着 74 个岸边集装箱装卸桥，200 台堆场龙门起重机。当它们全部运转起来时，我们似乎能听到中国经济引擎的轰鸣声。

这是姚世欣拍摄的一张照片。

姚世欣是盐田港区的现场工程师，平时喜欢摄影。2014 年 1 月 23 日，他在盐田港 10 到 11 号泊位拍下了这张照片。这随手一拍，却在不经意间记录下了国际航运史上的一个重要时刻。

照片里，两艘世界上最大的集装箱运输船，同时停靠在一个码头。每一条船都可以装运 1.8 万个标准集装箱。若以 1 辆集装箱卡车装 2 个标准集装箱计算，需要 9000 辆卡车才能拉完。若用一列火车装 100 个标准集装箱计算，那么需要 180 列才能运完。

两条船所停靠的这个码头，是目前世界上最大的单体集装箱码头，也是装卸能力最强大的码头，这使得盐田港成为了全球许多超大型船舶的首选港。

上海港地处长江黄金水道与海上南北运输通道的交汇点，以全国经济最发达的长三角地区为腹地，是中国对外开放、参与全球经济大循环的枢纽港。据统计，上海市外贸货物中 99% 经由上海港进出，每年完成的外贸吞吐量占全国沿海主要港口的 20% 左右。

新世纪以来，上海港先后超越釜山、香港、新加坡，至今已连续多年蝉联全球集装箱货物吞吐量第一大港的头衔。相应的，原先作为东北亚地区最大港口的釜山港，则与上海港形成互为中转的格局。

可以说中国港口的强势崛起，改变了整个亚太乃至全球的港口力量版图，带动了世界航运格局的重组。

中国港口像一个巨人，他起跑的每一步都带着呼呼的风声，向人们显示着他不可小觑的力量——最大的吞吐量、最多的集装箱、最大的作业机械密度、最宽的皮带运输机、最大的港口起重机……一系列的世界之最，都昭示着中国港口的实力。

采访 华南区/香港总公司（华南区）韩进海运总裁 尹荣国

这几年有一个现象，我们可以称之为"中国港口现象"，就是每艘新船下水，都不约而同地选择了去中国的港口首航。

位处全球经济合作最前沿的中国港口，也是世界上最忙碌的区域之一。让我们用这样一个更形象的方式来表述：在 2014 年，如果全球贸易活动中有 100 只集装箱被搬动，那么其中的 30 只以上是在中国的码头。而同样是 2014 年，全球每 100 艘运输铁矿石的巨轮中，70 艘都驶往了中国的港口。

作为世界上最主要的商品生产地和出口地，中国同时也是全球最大的原料进口国和消费国。这种双重身份既反映了当前中国在全球经济分工中的地位，也构成了全球经济大循环的重要前提。

这里是宁波舟山港的北仑矿石码头。

当年，这曾是为上海宝山钢铁厂建设的配套设施。

这一天，来自巴西的 30 万吨级矿石运输船正停靠在码头的 2 号泊位。它的长度甚至超过了世界上最大的航空母舰——尼米兹级核动力航母。

采访 宁波舟山港卸船机司机 陈浩雷

我们现在这个抓斗，抓满一斗料有 56 吨，能够整整装满一火车皮。

随着抓斗一次次将数十吨的铁矿石卸下，散货船的船体也在不断地上浮，船甲板与码头之间的高度差也从 4 米多扩大到了 12 米。

现在，矿石运输船的卸货作业已接近尾声，工人们陆续将清仓作业机械吊入船舱中。

30 万吨矿石原料沿着这条 17 公里长的运输带，被安放在了港口堆场。工人们告诉我们，不久之后，这些矿石又将被重新装船，沿着长江航道运往武汉的钢厂，成为冶炼超长无缝钢轨的主要原料。届时，它们将以新的形象负载起时速超过 300 公里的高速列车，形成我国新的运输大动脉。

离这个码头 38 海里外，有一座名叫鼠浪湖岛的小岛。目前，一个全世界最大的矿石中转码头正在这里施工建设。1664 根钢筋混凝土桩被打进近海大陆架，33 万立方米的水泥已在小岛上浇灌，一个原先只有几百人居住的方寸之地整日机声隆隆。

码头建成以后，全球最大的 40 万吨级矿石船可以在此停靠，来自巴西淡水河谷的矿石将从这里转运至全国各地。

黄松涛，是日照港的一位老职工，已经在这里工作了近 30 年。天气好的时候，他喜欢坐在防波堤上远远望着那些他熟悉的桥吊。

现在，他有了一个新习惯，就是每天泡一杯韩国茶。

随着中韩海上班列的开通，往返于两地的韩国商旅越来越多，能够在日照购买到的韩国商品种类也越来越丰富。这些包装精美的茶叶现在可以很方便地从港口的免税商店买到。老黄很惬意地享受着港口综合发展给生活带来的好处。

这是 2015 年 6 月开业的，位于天津滨海新区的东疆进口商品直营中心。这个直营中心发挥了渠道优势，经营的品种包括进口水果、酒类、冻鲜肉、母婴用品和化妆品等，均比市场价便宜20％到30％。

港口在传统集疏运业务之外的多元化发展思路带来了新的商机。

随着跨境电子商务的日益普及，越来越多的中国消费者开始尝试从网上购买国外商品。

这里是位于深圳的跨境电子商务中心，进口的化妆品从这里分拣、配送后，发往全国各地。

采访 **深圳保宏电子商务综合服务有限公司项目发运组组长　左佑富**

我们这趟包裹有发往非常远的地方，有云南省的、内蒙古的、黑龙江省的，还有这个青海西宁市的。

这里是安徽省马鞍山市。周末，在电力厂工作的小夫妻杨海波、路璐正在超市采购。结束了一周的辛苦工作，今天他们打算做几道可口的小菜犒劳一下自己。

在经济全球化的今天，随着国际运输技术的发展，生活在中国中西部内陆地区的普通家庭，也能够便利地享受到来自世界各地的美味佳肴。人们不仅对食物种类的丰富性有了更多期待，也对食材的新鲜度提出了更高要求。冷链运输的出现，就很好地解决了这一问题。

冷链运输是目前国际海运中发展迅速的门类。冷藏箱由隔热结构的箱体、冷冻机组等共同组成。按照瓜果、蔬菜、肉、奶等最适宜的冷藏或冷冻温度，在运输全过程中，无论是装卸搬运、变更运输方式，还是更换包装设备、分装配送等环节，都始终保持设定的温度，如同环环相扣的链条，这就是冷链运输。

目前，我国的上海、天津、大连、青岛、厦门、广州、深圳等沿海主要港口都建有大规模的冷藏集装箱堆场和冷库，无论是国内南来北往的瓜果蔬菜，还是进口的海鲜、肉类，都是在这些港口进行装卸、储存。

采访 安得利（北京）食品贸易有限公司　丁　晖

我手里的东西是温度监控仪，它是做什么用的呢，就是我们的产品从欧洲的港口，乳制品、奶酪从欧洲的港口到中国的天津港，然后再到我们的仓库，然后再用我们的冷链物流交给消费者。在整个过程中，我们怎么来监控这个温度是符合要求的呢？就用这个小盒子。它上边能够反映出每一天从装船到在国外港口的时间、在船上的时间，包括在中国港口的时间，一直到我仓库每一天的温度的一个变化。我们只有这个东西能看到，它在全程冷链过程中是否出现过问题。

按照奶酪的储存温度，应该是在 5 度左右。我们可以看到，这个信息应该是从第 22 天到第 23 天，一直到第 24 天的一个温度的一个变化。只有看到这个温度，我们才能够真正确定，它是在整个的过程中是保持这个温度。

在海波、路璐夫妻着手做饭的同时，内地的一家五星级酒店里，厨师长正在为三文鱼和北极贝去皮、切片。来自日本的海产逐一摆上盘，凑成一道精美的"锦绣刺身"。半个小时后，身在内陆地区的客人们就能品尝到这些来自大海的馈赠。

2014 年，我国猪肉进口 56 万吨、牛肉进口 29.8 万吨、羊肉进口 28.3 万吨，都采用了冷链运输的方式。有了冷链的保障，产自澳洲的美味牛肉，经过 9000 公里的洲际旅行来到中国，新鲜度得到了最大限度的保留。

同期声

老公,我们开饭了。

经过中国式的烹饪后,这异域的美食就被呈送到了普通百姓的餐桌上。

同期声

老公,吃个牛柳。

全世界都注意到,中国已步入汽车社会。目前,全国已获批的汽车整车进口口岸共 19 个,包括大连、上海、宁波、天津、广州、深圳、青岛、福州、钦州在内的保税港区,每年商品汽车的保税规模已超过一千亿元人民币。2014 年,全国汽车进口总量超过了 142 万辆。

这是大连的汽车码头,来自日本的滚装船正在卸货。

滚装船与集装箱船一样,装卸效率非常高。所不同的是,滚装船无需起重设备,它通过车辆自主活动完成装卸,能节省大量劳动力,减少船舶停靠时间。商品汽车的滚装运输以其运输批量大、运输费用低廉、无污染等优点逐渐被人们看好。

现在,大连港的这个码头是国内成长性最快的专业化汽车码头之一,可靠泊全球最大的汽车滚装船,年通过能力接近 50 万辆,业务量占东北地区港口市场份额的 90% 以上。

这是天津港滚装码头。细雨中,一辆辆崭新的电动汽车从船上开下码头。

采访 天津港滚装码头操作分公司　陈　坤

在事先我们对每个船的船图,我们都有一个汇总,每艘船舱里面的危险点、危险标识，我们在作业之前都有一个试走。这样的话能够把重点的部位、危险点部位能够标识出来，使司机们更容易看得清楚。我们有严格的标准化手册，我们的接卸师就严格按照标准化来进行，特别是船舱内的时速。我们拐弯的时候，时速是每小时 5 公里，舱内的坡道时速是每小时 20 公里，场地内时速是每小时不高于 40 公里。

在大规模进口国外优质产品的同时，中国也在向全世界大量出口最先进的高端设备。

这里是振华重工在上海长兴岛的生产基地。长兴基地的深水岸线长 5 公里，承重码头长 3.7 公里，是全国也是世界范围内最大的重型装备制造基地。

振华重工，原名振华港口机械有限公司。自 1992 年创立以来，这家以港口机械为主要业务的装备制造企业，至今已成功占据了国际市场 70% 以上的份额。

如今，它们的装备不仅覆盖了国内各主要港口集装箱码头，还遍布全球 80 多个国家和地区的 150 余个码头。

这里是加拿大规模最大的多用途综合性港口温哥华港，作为世界的天然深水良港之一，温哥华港的码头对于世界上任何船舶，包括超巴拿马型集装箱船，均没有船舶水尺的限制。而且，这里拥有北美大陆西海岸港口中最发达的铁路运输网络。

1992 年，振华港机生产的集装箱装卸桥经过一个月的海上运输，首次出口到温哥华港的范特姆码头，拉开了中国港口重型机械走向世界这一场大戏的序幕。

今天，这些机械设备还在照常工作着。

就在振华重工向温哥华港出口第一台岸桥后的 14 年，温哥华港的范特姆码头公司决定向振华港机再次购买港口设备，而这次运到温哥华港的恰好是振华港机生产的第一千台岸桥。这是当时世界上最大最快的起重机，从第一台到第一千台，温哥华港亲眼目睹了中国制造业进步的力量。

这是位于美国佛罗里达半岛比斯坎湾的港口城市迈阿密。

迈阿密港共有十六台集装箱岸桥，其中有十台来自振华重工。

1994 年，振华重工在国际招标中一举中标，为美国迈阿密港制造四台超巴拿马型岸桥，这是振华产品首次进入美国，也是中国大型集装箱机械首次进入美国市场。为了远渡重洋运输这四台岸桥，振华重工开始打造自己的整机运输船。

据美国有线电视新闻网 CNN 报道，当地时间 2013 年 3 月 29 日，美国总统奥巴马在迈阿密港口发表演说，鼓励美国人使用"美国制造"时，一阵风吹落了奥巴马身后起重机上的美国国旗，露出了带有汉字的中国品牌标识。这就是每个港口人都很熟悉的上海振华重工的标识。

采访　**上海振华重工美国公司营运总监　李　明**

美国 LBCT 长滩码头是目前为止世界上最先进的自动化码头。ZPMC 作为这个码头的主要供应商一共提供了有十四台桥吊、七十台的自动化轨道吊还有五台铁路轨道吊。

在这个小岛上，每一天振华重工的生产基地里工人们都在紧张地工作着。

振华重工拥有自己的大型设备专用运输船，钢铁的巨无霸装船后从上海港出发，经过几个月的海上航行，这些装卸桥、起重机和其他特种设备将会到达万里之外的北美、欧洲、非洲。

港口见证了中国制造的"出口升级",成为了新时期中国高端装备制造"走出去"和国际合作的始发站。

让我们把目光再次投向龙山船厂。

船坞开始进水。三个小时后,IGOR 先生目送着他负责的 LUCIJA 号驶出船坞,这艘船已经在船坞里停泊 10 天了,余下的一些修理工作将在船厂码头完成。

10 天后,IGOR 先生和他的船将驶离中国东海,前往欧洲。但是他知道,不久之后,他又会来到中国的某个港口。

他喜欢吃中国菜,甚至学会了喝铁观音。IGOR 先生对人说,这里的人们对他都很友好,中国已经成为了他的第二故乡。

LUCIJA 号驶出 20 分钟后,另一艘日本籍的货轮 ASHIYA STAR 号被缓缓拖入船坞。

三十多年来,中国受惠于全球经济一体化,在全面参与全球经济合作的进程中,重返世界财富的中心舞台。相应的,全球经济也因为中国的深入参与和引擎推动,而始终保持着活力。

中国港口作为开放型经济的窗口,在激烈的国际竞争中不断汲取经验,显示出了无以伦比的强大竞争力。普通人的生活因为港口而变得更加精彩,也通过港口得以见识和拥抱更广阔的世界。

在新的历史起点上,尤其是在共建"一带一路"的进程中,中国将与各国结成更为紧密的合作关系。

对于中国港口而言,将迎来一次新的远航——在古老的海上丝绸之路的历史光芒中,以新的思维重新连接陆地与海洋。

　　这里是日照港第三幼儿园，年轻的老师们正在练习新疆舞，她们打算自己先排练好之后再教给孩子们。

　　老师们的舞姿看起来还真挺像模像样。原来她们是跟维吾尔族老师学的。今年早些时候，日照港来了几位维族姑娘。后来，维族姑娘们走了，但把新疆舞留下了。

　　维族姑娘为什么会从4600多公里之外的西部内陆来到东部沿海的日照港呢？这还要从日照港在新疆建设物流园区说起。

　　从2010年6月开始，日照港派人远赴新疆，对口支援喀什地区的麦盖提县。2012年8月，日照港援建的物流园区开工建设，远道而来的港口人带来了资金、设备和技术。他们铺路挖渠，帮助麦盖提的老百姓们实现了几代人跨过叶尔羌河，向西发展工业的梦想。

　　麦盖提县是世界六大适合种植果树的区域之一。由于昼夜温差大，日照时间长，良好的水土光热让红枣成为了这里最适宜的经济作物。

　　红枣加工项目每天产量达40吨，解决了当地100多人的就业问题。

　　阿布都拉·艾力、热比古丽·买买提明是一对夫妻，他们现在都在园区的红枣加工厂上班。

采访 **新疆日照港物流园区红枣加工车间工人　阿布都拉·艾力**

　　我和老婆，我们来到新疆日照港物流园区有限公司，上班已经一年了。我们来到这里之前，没有固定工作，我干什么，她也是跟我干什么。来这里上班以后，我们的生活情况也好了，收入也高了，我们对这个工作是很满意的。

　　新疆是丝绸之路经济带建设的核心区。麦盖提所在的喀什地区素有"五口通八国、一路连欧亚"的地缘优势，是中巴经济走廊的起点，也是中国—中亚—西亚经济走廊的必经之地。

日照是二十一世纪海上丝绸之路上的重要港口城市。日照港在麦盖提建设物流园区，是我国沿海港口发展进程中"前港后园"经验在西部地区的复制。此举不仅有助于强化喀什在"一带一路"中的竞争力，也为地处沿海地区的日照港创造了通往广阔西部陆地的契机。

在这里，丝绸之路经济带与二十一世纪海上丝绸之路以一种特别的方式得以交汇。

这里是宁波舟山港。近几年来，它的货物吞吐量连续排名世界第一。

来自澳洲、巴西的铁矿石在此卸货。这些铁矿石经小吨位船舶转运进入长江，供给沿江的钢铁厂。在冶炼轧制之后，变成钢筋、钢板和钢轨，支撑起高楼大厦，背负着高速列车，成为现代化的中国的强健筋骨。

来自美国的大豆、来自东南亚的菜籽也在这里卸货，它们换乘内河船沿江而上，变成食用油和形形色色的方便食品，进入千家万户。

长久以来，从大船换到小船，从海轮转到江轮，再进入内河港卸货，这是人们一直沿用的运输方式。然而，每一次货物的装卸，都造成了时间和经济成本的增加。

随着进一步加强长江航道疏浚，现在，吃水深度不超过 10 米的海船已经能够航行到南京港，再过几年，吃水深度将提升至 12.5 米。长江与沿海的江海直达船也越来越多地出现在港口。海外货物进出长江将更加便捷，更加经济。

他叫徐顺刚，是一名技术员，曾经在越南工作了十几年，爱人、孩子也都随着他到那里生活。2013 年，接到常立发柴油机厂的一纸聘书，他带着全家离开越南，来到马鞍山工作。

工厂的老总千里迢迢请徐顺刚回来，正是看中了他对东南亚市场的熟悉。厂里生产的柴油机 70% 出口东南亚，沿着古已有之的海上丝绸之路的路线，源源不断送往越南、缅甸、柬埔寨、印尼等国，为那里的船只、农具提供动力。徐顺刚的工作，就是根据东南亚的气候特点与生活习惯，改良柴油机，使之更适应当地的市场需求。

采访 马鞍山市常立发机械制造有限公司技术员　徐顺刚

它属于海滨城市，按照越南当地的使用状况，在国内开发一种加大马力，而且储存功率比较好的柴油机，发到越南适应那个市场，真正适应那个市场。

然而，柴油机出口、运输是一大难题。马鞍山不临海，过去货物必须连夜打包装车运往上海报关，才能正式装上货船。对业务员王宁来说，加夜班装车、两地奔波是家常便饭。

采访 马鞍山市常立发机械制造有限公司业务员　王　宁

我们企业之前呢，是在上海那边报关的。在上海那边每次查验，我们还需要另行派人员过去。因为是担心货物损坏，而在马鞍山这边我们查验的时候，甚至可以请海关工作人员来我们公司，我们进行现场查验。

因此，实现江海联运是降低成本、提升运量、促进货物流通速度的重要途径。

而要打破江海联运的瓶颈，一方面是要造出适航的船舶，另一方面就是建设航道。

采访 舟山港航管理局船舶检验处处长　俞展伟

江海联运，比如像我们这样的一艘船，它是海船。目前来讲它也能航行长江航道中下游的一个航线。现在我们要搞的、研发的那个船型也就是这个船根据舟山至长江口航道的特点，以及长江航道的整个流域的水道特点，以及交通运输部以后开发的一个特性，交通运输部开发的航道水深。这样一个情况，想研发一种能够航行到从舟山到武汉甚至到重庆的这样一种船舶。

为了实现江海联运，马鞍山的航道、码头改造工程破土动工，港口码头的靠泊能力由 5000 吨级提升到 20000 吨级，远道而来的货船可以从海上直接停靠到江边。

2015 年 9 月 11 日，来自舟山的矿船停靠在码头边，矿砂被送上传送带，迅速送进马鞍山钢铁厂炼化。不远处的堆场里，成品钢材蓄势待发，等待远销海内外。

从马钢这样庞大的支柱企业，到开发区里无数蓬勃发展的民营企业，都在享受着江海联运所带来的便利。

采访 马鞍山市常立发机械制造有限公司业务员　王　宁

现在我们选择在马鞍山本地报关，一个柜的话现在的运费不足 1000 块钱，对于我们中小型企业来说，一年光费用的话就能省下几十万。

在江海联运的助力下，内陆、沿江与沿海之间往互联互通又迈进了一大步。在这里，我们也看到了"一带一路"与长江经济带之间有机联动的前奏。

这里是位于连云港的中国—哈萨克斯坦物流合作基地。

连云港是新亚欧大陆桥东端的起点。1992年12月1日，"东方1808"号国际集装箱铁路列车从连云港驶出，标志着从中国连云港至荷兰鹿特丹，横跨整个亚欧大陆的新亚欧大陆桥正式开通运营。

位于亚洲中部的哈萨克斯坦，是世界上最大的内陆国，与中国有着1700多公里的共同边界。长期以来，哈萨克斯坦的对外贸易一直受到地理位置和运输条件的限制，货物的进出口成了困扰经济发展的一个难题。

2013年9月7日，就在习近平主席出访哈萨克斯坦并提出建设"丝绸之路经济带"倡议的当天，连云港市与哈萨克斯坦国有铁路股份公司正式签署了过境物流通道和货物中转基地合作协议，中哈连云港物流基地成为了"一带一路"首个国际合作实体平台项目。

2014年5月19日，中哈连云港物流基地一期工程正式投入运营，建设集装箱堆场22万平方米，堆场铁路专用线3.8公里，年最大装卸能力41万标箱，主要经营国际多式联运、拆装箱托运、仓储等国际货物运输业务。

中哈物流合作基地区位优势非常明显，陇海铁路支线直达货场，物流基地南侧距离集装箱码头前沿不到600米。

达尔汉和娜比拉是连云港中哈国际物流有限公司的员工。

他们两人虽然来自哈萨克斯坦，但对于中国都不陌生。达尔汉三年前毕业于北京交大，娜比拉去年才从上海外国语大学毕业。他们在中哈物流合作基地的主要工作，就是负责检查这些从哈萨克斯坦通过亚欧大陆桥运到连云港的哈方集装箱。但这些集装箱的终点并不是连云港，而是通过中哈物流区，最终发往韩国和日本。

现在，连云港中哈物流园总经理刘斌的工作很繁忙，一般在办公室里见不到他。一有空他就会到基地，检查铁路线和货场的情况。

采访 连云港中哈物流园总经理　刘　斌

箱子里面主要装的货物，主要是汽车配件、电子产品和日用品等等。那么前面那个箱子呢，KTS 集装箱，就是哈国刚刚过来的集装箱，也是哈国铁的集装箱，它这个里面装的是有色矿，在连云港这里中转将去韩国，出口到韩国去，那么下一步就要装船去韩国。

一年多来，中哈连云港物流合作基地累计完成集装箱进出量超 10 万标箱，货物进出超过 100 万吨，从这里始发的中亚出口班列实现了平均每周 3 列的稳定运输规模。

目前，基地已成为中哈两国合作共赢的典范。哈方获得了出海的通道，满足了进出口需要，源源不断的货物通过这个基地经由"新亚欧大陆桥"往来于世界各地。

采访 连云港中哈物流园总经理　刘　斌

我们目前中哈物流基地，它是作为一个"一带一路"战略构想关键的一个节点。那么这个节点起到的作用，一个就是把日本、韩国和东南亚和环太平洋区域的一些货物需要通过海运到达连云港，通过上陆桥运输的方式到达中亚国家和部分欧洲国家，把这些货物运送过去；第二个呢，也是欧洲部分国家和中亚其他一些国家，把一些产品和原材料通过陆桥运输到连云港，通过我们中哈物流基地进行中转，然后装船，通过海运的方式到达我们国内的广州，就是华南区域。同时也可以通过海运，出口到日本、韩国、东南亚，包括环太平洋区域，能够形成一个大的物流循环。

这里是青岛港。

作为"一带一路"上重要的节点城市，青岛港已制定了初步行动方案，通过海陆双向布局，加强与沿线国家的联系对接。

目前，青岛港共有 32 条航线直达日韩、29 条航线直达东南亚、9 条航线直达中东和西亚、12 条航线直达欧洲地中海，是中国北方通往海上丝绸之路沿线国家和地区航线航班最密、直达覆盖最广的港口。

除了增加海上航线和开展港口间合作之外，2015 年 7 月，青岛港也开通了发往中亚、欧洲的铁路货运班列。

这个正在指挥调度的人，是青岛港物流公司副经理王东。这里每天都有 3 至 4 列车皮进出，使得货场看上去异常繁忙。

采访 **青岛港物流公司副经理　王　东**

我们这是刚从码头卸下来的发往阿拉山口的过境大列，满载 50 车的过境大列，现在马上就要进行往阿拉山口方向发往。这个也是我们得益于"一带一路"的这个政策，我们现在的过境大列也取得了同比增长 15% 的骄人业绩，通过"一带一路"打通了我们发往中亚地区的货源。

中国是蒙古最大的贸易伙伴，也是其最大的投资国。中国北方港口为蒙古国提供了便捷的出海口。

营口港是东北和内蒙古东部地区最近的出海港。

在建设"一带一路"的背景下，营口港致力于打造以营口港为中转港的中俄欧国际多式联运物流大通道，现已开通"营口港至莫斯科"、"营口港至华沙"、"营口港至岑特罗利特"、"营口港至多布拉"四条国际集装箱直达班列。2014 年，以营口港为起点经满洲里出境的国际集装箱班列完成 2.15 万个标准箱，占中国东北地区各港口同类箱量的 93%。

老港口大连港也焕发着新的生机。

大连港距离韩国港口很近，每周有 15 个海上航班前往韩国。2015 年上半年，大连港新增东南亚航线 6 条、日本航线 21 条，面向日韩、东盟地区的南向海运通道全面加强。

2015 年 7 月，从大连港始发的中国远洋集团旗下的"永盛轮"再次出征北极航道，不仅航程比马六甲海峡、苏伊士运河传统航线缩短 2800 多公里，燃油成本也降低近 30%。

2015 年 6 月，从大连港出发的"连哈欧"国际货运班列正式开通。仅仅四个月，就展示出巨大潜力。这条全程 9820 公里的火车从哈尔滨香坊火车站出发，由满洲里出境，最终抵达德国汉堡，用时仅 15 天。

大连港国际货运通道的建立，对吸引日韩货源有很大优势，如日本汽车配件、韩国电子产品，都是经大连港转运，由中欧货运班列运往欧洲。而德国生产的汽车配件，会先在杜伊斯堡集结，经由中欧班列入境，再从大连港销往日本。现在日韩通过大连港海铁联运通道运往欧洲的业务已占其总业务量的 30% 左右。

日照港地处中国海岸线中部，是环太平洋经济圈、黄渤海经济圈和新亚欧大陆桥经济走廊的结合部，与日本、韩国隔海相望。虽然日照港的区位优势明显，但在以往并没有充分发挥出来。

李珩玫，是韩国一家国际物流公司驻日照的主管。以往，国际物流公司的货物，每次到日照港都需要重新上报海关。繁琐的流程，对李先生所在的公司和其他类似国际物流公司的发展都造成了很大的制约。

为了解决这一问题，日照港开始尝试实施海铁联运，并大幅简化通关手续。通过这种方式，进出口货物实现了从船舶运输到铁路运输的无缝连接。在此基础上，日照港又开启了新的便利模式，即只需"一次申报、一次查验、一次放行"就可完成整个运输过程，这样就大大降低了业主的时间和经济成本，吸引了更多像李先生这样的公司来日照港办理业务。

采访 韩国杰和华龙国际物流部长　李珩玟

对我们公司来说，通过日照港所有进口的货物成本降低了不少，然后同时，在日照的韩国人去韩国的方式，通过日照的客运轮船很方便。

近期，李先生频繁地往返于中韩两地，生意越做越大，正是受益于日照港的海铁联运为"一带一路"上的商贸合作所提供的便利。

采访 韩国杰和华龙国际物流部长　李珩玟

通过"一带一路"，我们公司肯定有很大的机会，特别是海铁联运，我们可以去内陆地区，特别是四川，更远的就是中亚的地区。反过来，中国的各种的产品到韩国去，现在的方式肯定是我们公司来说很大的机会。

现在从李先生的国际物流公司到日照街头的韩国商，海铁联运模式所带来的经济发展活力，已经蔓延在这个城市的各个角落。

采访 上海行政学院青年学者　邹　磊

铁海联运、江海联运正在改变中国东西部和欧亚大陆之间的传统的贸易路线，并且有望带动新一轮的产业转移，塑造欧亚之间新的经济地理格局。中国港口参与铁海联运，参与一带一路建设，既可以给像哈萨克斯坦这样的内陆国家提供出海口，也可以给像日韩这样的沿海国家提供输往欧洲大陆的这样一个陆上通道，这个也是"一带一路"作为中国向地区、向国际社会提供公共产品的这样一个所在。

在推进"一带一路"海铁联运方面，宁波舟山港也有创新举措。

长期以来，国内港口海铁联运普遍采用"双票"模式：即进口箱在国内港口登陆后，要先买一张"船票"，登陆后办理清关等手续，转变"身份"成为内贸箱，再持一张"铁路票"运往目的地。通常，在国内港口的"身份"转换等过程平均需要一周左右，拉长了运抵目的地的时间。

2015 年 4 月，宁波舟山港开启了外贸集装箱经宁波港至西北内陆的"一票制"服务新模式。为了确保顺利通关，宁波海关在宁波港开设"批量中转"业务专窗。海关接受船公司将一列火车作为一票申报单进行批量申报，一改以往对火车上所有货物进行"分票报关"的惯例，大幅精简了通关手续，确保该模式下正常货物进出口"当天申报，当天放行"。

福建是二十一世纪海上丝绸之路建设的核心区。

在千年古港泉州港，临港产业发展迅猛，与海上丝绸之路沿线国家经贸往来频繁，外贸型经济日趋活跃。在推进海上丝绸之路建设的行动中，泉州将实施泉州港口复兴、阿拉伯新走廊拓展、现代海洋城市建设等十大行动计划。

福州港、厦门港加速国际化合作进程，先后与马来西亚巴生港建立友好合作关系。巴生港位于马六甲海峡，紧邻吉隆坡，是马来西亚最大的港口。

目前，福州港有两条集装箱航线挂靠巴生港，2014 年福州港往返巴生港集装箱量为 1.2 万标箱。

巴生港是厦门市在推进"一带一路"建设中首个签订的海上丝绸之

路沿线国际友好港。未来，福州港、厦门港将分别与巴生港在港口建设、运营、信息技术、招商引资、人才交流等方面加强合作。

通过深化港口合作，沿着古代海上丝绸之路的路线，海峡西岸和东南亚之间的传统纽带正在重新得到激活。

在世界第一大港上海港，洋山深水港区四期工程正在热火朝天地施工建设，而洋山港铁水联运的"最后一公里"也已进入沟通准备阶段。随着上海自贸区建设进入2.0时代，外高桥港区也将迎来新的契机。这些都使得上海港有条件在"一带一路"建设中发挥先行者的作用。

来宝平、郭建中是一对来自陕西省宝鸡市的退休夫妻。长期生活在内陆地区的他们，还从未与港口和大海如此接近。

这是他们第一次登上邮轮。

采访 企业退休人员 来宝平 郭建中

两年前在网上突然发现有一个邮轮，后来我就把那个点击开以后，我就进入到这个邮轮的介绍。在邮船上什么都有，你可以任意地游玩什么的，什么都不耽误，我觉得这个挺好的，所以我就跟我爱人说，咱们啥时候去也坐坐邮轮。今年我爱人就退休了，退休了以后刚好有这么一个机会，我们就报名了。

邮轮旅行是目前较为新兴的一种休闲方式。从世界经验看，邮轮产业是人均GDP1万美元到2.5万美元的伴生品。随着生活水平的提高，越来越多的中国人从邮轮码头登船出发，开启他们奇妙的海上之旅。港口打开了一扇窗，给了陆地生活的人从没有见过的美景，圆了他们在海上航行的梦。

邮轮母港对所在区域的经济具有强大的推动力。一艘载客量2000人左右的邮轮通常每个航次，需要在母港进行的物资补给高达百万元人民币。世界上最大的"海洋绿洲号"邮轮，每天的物资消耗就达到近10万美元。邮轮在母港的补给、生活垃圾处理、商务办公、维护修理等港口服务，也都能给母港城市带来新的产业和商机。

采访 上海海事大学亚洲邮轮学院教授　程爵浩

全球邮轮目前每年的这个客源量达到了2200万人左右，这个速度还在逐年地稳定上升。我们预计到2030年，全球的这个市场还会在现有基础上增长到3500万人到4000万人左右，所以这是一个在全球的旅游产业当中最具有发展前景的一个细分市场。

近些年来，随着国际邮轮市场东移亚太，目前我国已有三亚、上海、天津三个成熟的邮轮母港，同时厦门、舟山、青岛、深圳、广州、北海、烟台、海口、大连等港口城市正在建设或筹划兴建邮轮码头。

这是来宝平、郭建中夫妇退休后的第一次远行。在5天的时间中，他们在海天一色的美景里尽情地放松、休息，体会邮轮旅行这种特别的休闲方式。

随着21世纪海上丝绸之路的再次复兴，将来会有越来越多像来宝平、郭建中夫妇这样普普通通的中国人恣意徜徉于大洋之中，而中国作为旅游目的地国家，也会吸引更多沿线国家的游客，乘坐邮轮来到中国旅行。

这里是北部湾港。

钦州港始建于1992年，是北部湾三个港区中最年轻的一个。72公里外的防城港就在国境线上，一河之隔便可以到达越南。1968年，防城港建成，防城市才应运而生。每天都有游客、商贩、车辆穿梭于两国之间。

而早在汉代，合浦就是海上丝绸之路的起航点，清朝光绪三年（1876年），北海港正式开埠。

70年前，一个平南县的年轻人坐着船出海，随着下南洋的热潮去往未知的土地，之后在那里开枝散叶。2013年，他的孙子高涌桎说着一口闽南口音的汉语，作为首席执行官回到祖辈离开的地方。

他脚下这块建设中的土地，就是距离钦州港区不远的中国—马来西亚钦州产业园。而在中国南海的另一边，有一个马来西亚—中国关丹产业园。这种以港口为依托的"两国双园"合作新模式，是由两国领导人直接倡议和推动的政府间重大合作项目，开启了"一带一路"国际产业的新模式。

采访　中马钦州产业园总裁　高涌桎

两国双园，这个是马来西亚，马来西亚建一个园区，在中国建一个园区，两个国都有一个园区。在中国我们马方就占49%，中国占51%，在马来西亚的话，我们马来西亚关丹，中国占49%，马来西亚占51%，以这样的"两国双园"的方式，来形成一个园区的建设，希望以这样的合作方式，我们这个是园区的第一个示范区吧，有这样一种合作方式，希望借助这种合作方式希望成功，再带动其他东南亚国家来做这种模式。

东南亚其实资源非常丰富，然后中国这里其实它的技术、市场非常大，所以我们东南亚是很需要这些技术的，然后还有它的市场。

广西壮族自治区是中国唯一与东盟海陆相连的省区，是"一带一路"北上南下的国际大通道，是连接"一带"和"一路"的门户。要想实现技术和原料的交换，物流是必不可少的环节。中马钦州产业园里生产的货物，都要依托钦州港运往世界各地。

2014 年 11 月，习近平主席会见马来西亚总理纳吉布时提出，要将钦州、关丹产业园区打造成中马合作旗舰项目和中国—东盟合作示范区。

企业相继入驻园区，建筑工地旁边油脂厂已经开工。随着厂区二十四小时的不断运转，马来西亚特产的棕榈油正在慢慢打开中国的市场。

江作汗先生是马来西亚前交通运输部部长，现任巴生港主席。他对于中国的"一带一路"战略有着自己的认识，对于中马国际合作的前景非常看好。

采访 原马来西亚交通运输部部长　巴生港主席　江作汗

听到中国政府推出这一个战略的时候，我们都感到非常的兴奋。所以在这个框架下，我看到还是一个发展趋势，跟迎接未来的投资。在整个这个"海上丝绸之路"呢，我认为还是怎么样能够加强贸易，就是在经商方面、物流方面。所以我们认为在"海上丝绸之路"这个环节，我们第一个时候都要来了解一下，怎么样能够在这个框架下，我们巴生港能够跟中国各大港，能够来一个对向、来一个合作。

现在，让我们把目光再次投向新疆喀什地区的麦盖提县。

阿布都拉·艾力、热比古丽·买买提明已经成为物流园内红枣加工厂的优秀员工，他们盼望着在大海之滨的山东日照市，那些帮助过自己的人们能够品尝到来自叶尔羌河畔的劳动果实，也希望这些红枣能从自己的家乡走得更远，到达日韩、中亚和欧洲。

距今 2300 年前的中国古代哲学家庄子，在其名篇《逍遥游》中，阐释了他所向往的御风而行，物我两忘的境界。在他的想象中，大鹏鸟翅膀拍打水面，能激起三千里的浪涛，环绕着旋风，飞上了九万里的高空。

丝绸之路经济带和二十一世纪海上丝绸之路的设想，正是以这样一种宏大的气魄，联结东西方，打通地理的、经济的、文化的通道，带来和平与繁荣。

采访　釜山港湾公社副社长　金成焕

我们期待二十一世纪海上丝绸之路的形成可以成为世界海运物流市场的活力、亚洲贸易市场增长的动力。

采访　马士基（中国）航运有限公司总裁　Jens Eskeland

"一带一路"海上丝绸之路我们非常感兴趣。我们认为最首要的概念是论述潜力和机遇，最为有效的是论述国家之间更为紧密的联系，以及改善和增长它们之间的贸易。

采访　法国达飞航运亚洲区首席副总裁　Lars Kastrup

我们相信这是如今世界上最大的项目之一，我们非常支持它。我们相信，这将使中国以及所有的国家经济有所发展。

采访　交通运输部原副部长　徐祖远

充分的利用建设二十一世纪海上丝绸之路这样一个特殊的机遇期，把我们的港口作为整个物流发展的一个基点，同世界其它的港口通过优势的互补，能够把它连接起来。也就是说，传统的港口作为一个点，原来港口的服务或者是港口的服务半径是一条线，现在要通过二十一世纪的海上丝绸之路建设，使中国的经济融入世界方面，能够成为一个服务的面。

天时地利，八方通达。中国港口，千帆竞发。

第五集

远航之望

这里是位于印度洋的斯里兰卡科伦坡港。

科伦坡是一座历史悠久的港口城市。早在八世纪时，阿拉伯人就在此筑屋定居，当时称"科兰巴"，是"港口和芒果树"的意思。

2015年9月24日上午，天空中飘着小雨。法国达飞航运集团旗下的集装箱货轮马可波罗号如期抵达了科伦坡港南集装箱码头。这条从新加坡港驶来的大船，全长396米，排水量17.5万吨，下一站将前往荷兰鹿特丹港。马可波罗号的到来，标志着斯里兰卡科伦坡港停靠大船的纪录又一次被刷新了。

这天上午，码头上静悄悄的。对这个由中国人建设的港口来说，大船的靠泊已经习以为常。但是，码头操作部的刘冬告诉我们，2013年8月5号刚开港时可不是这样。那天早晨，"达达飞马"号货轮作为第一艘船停靠码头。前一天晚上，全体中国员工忙了整个通宵，谁都没有睡觉。

采访 科伦坡国际集装箱码头操作部经理　刘　冬

早晨八点，第一条船靠过来了。当时靠过来的时候，我当时就在桥下，然后看着它第一个柜卸下来的时候，就是热泪盈眶，说不出来那种激动。包括当时我的领导，他也是一夜没睡。当时就是为了准备船的作业也是准备了一夜。当时，我和另一个同事，我们俩抱起来，真的是哭了。这是我唯一一次在科伦坡流泪。

这是斯里兰卡港务局的一号门，门外伫立着一座雕塑。上边是一个象征港口和航海的大铁锚，下面基座的介绍文字中将此处称为"丝绸之路上物流畅通的金色大门"，表明了斯里兰卡在丝绸之路上的枢纽位置。

雕塑落成于2013年8月5日。古代丝绸之路曾经的辉煌，是沿线国家人民的共同记忆。到了今天，依然镌刻在人们内心的深处，被不时地追忆和怀想。

在科伦坡港，我们遇到了一个小伙子，他就是 24 岁的 Saparamadu。当年，他就读于科伦坡的一所职业技术学校，毕业后被招入了科伦坡国际集装箱码头有限公司，曾在 2013 年到中国深圳港接受了为期 5 个月的专业实操培训。当时他很喜欢中餐，可大概因为正在长身体的缘故，就是觉得吃不饱。现在他能记得的一句汉语就跟这个有关。

采访 科伦坡国际集装箱码头操作部岸桥司机　**Saparamadu**

不够，不够，我想要更多。

现在，Saparamadu 已经是一名熟练的吊车司机了。

他操作着巨大的吊机，稳稳地将货柜从船上卸下。同样是开吊车，Saparamadu 会比码头上的其他司机更多一份自豪。因为他操作的吊机，有着全世界最长的吊臂。

采访 科伦坡国际集装箱码头操作部经理　　刘　冬

我们当时是购买了桥吊是目前世界上最大的，前伸距最长的 70 米，它这也是为了迎合船舶大型化。随着现在这个行业的竞争日益地激烈，尤其是在国际上。我们如果想站稳脚跟的话，必须从硬件上要突出，而在软件上我们要进行培训，把我们中国式的管理发扬光大。

今天，这一由招商局集团建设、管理、运营的科伦坡南集装箱码头已经逐渐超越物流集疏的范畴，帮助斯里兰卡实现国家发展和经济振兴的殷切期望。

2014 年 9 月 17 日的上午 9 时，习近平主席在斯里兰卡总统马欣达·

拉贾帕克萨的陪同下，视察了招商局科伦坡码头。

采访 **招商局集团副总经理 胡建华**

当时我们陪着习主席参观港口之后，习主席走到这个长廊的时候，我们给他介绍，中国改革开放第一个工业区就是蛇口工业区，1979 年在蛇口，是招商局来做的。中国的第一个开发区，是在漳州做的，这两个都取得巨大的成功，也代表了中国改革开放的，是中国工业化的一个水平，一个历史的见证。

讲到这儿的时候，习主席鼓励我们，到斯里兰卡一定帮人家国家做好。这里有很多潜力，也希望你们努力工作，希望你们成功。

随着"一带一路"建设的全面展开，中国港口正在迎来新的发展契机和历史使命。

相应的，中国港口的明天，也直接关乎"一带一路"的未来。

从全球来看，港口自身建设的发展趋势早已超越了物理空间的阶段。大型码头和泊位的新纪录虽然不断涌现，但却很少能产生几十年前那样的轰动效应。人们的注意力已经越来越转向港口的内在运行。

尤其是随着互联网技术的发展，港口的智能化、自动化和信息化建设日益得到重视。在全球港口的竞争中，智能化、自动化和信息化水平成为了相互较量的重要指标，港口发展已进入"互联网＋"时代。

这里是青岛港全自动化码头的施工现场。

这座先进的全自动化集装箱码头建成后，通过能力将达到 150 万标箱，可以停靠目前世界上最大的 19000 标准箱和未来 24000 标准箱的集装箱船。作业时，速度可达到每小时 40 自然箱，将减少人工约 70％，提升作业效率约 30％。

届时，这里的智能化程度将超越第三代码头中的翘楚荷兰鹿特丹港，成为全球自动化程度最高、装卸效率最快的集装箱码头。

现代化的港口是如此繁忙，进出港船舶、桥吊、堆场、集卡……海量的信息交织在一起，如何进行管理，也是港口面临的一大考验。

如果一个港口的年吞吐总量只是成百上千只集装箱，靠人工点数还勉强能完成。但如果一个港口的年吞吐总量达到上千万个集装箱，它的集疏运作业一旦离开计算机控制，将一刻都无法运行。

一个高度信息化的集装箱码头，所有的操作都可以通过码头管理系统来完成。它能够同时管理上百条船，上千部大型作业机械和几十万只各种规格的集装箱。相应的，国际航线上成千上万条不同规格的船舶数据也都在它的数据库中储存着。

采访 招商局国际信息技术有限公司总经理　吴少聪

集装箱它通过向船公司定舱了以后，船公司就会向码头发来定舱的信息，就会告诉码头有某一票货将要上哪个航次，去什么地方，那么这一票货里面有多少个箱子，这个信息会通过 EDI（电子数据交换）的方式，会送到码头系统里面来。这个箱子一进到码头，系统会自动生成一个操作指令，发送到吊机的无线终端上面，那么吊机司机一看到这个箱子来的时候，他们就会把这个箱子放到指定的位置，所以这个过程是完全在系统的监控之下的。

所有这些出口箱收到码头以后，要出口的时候，那么需要船舶计划员来编制这个装船计划，船舶计划员会根据船公司的指示，哪一类的箱应该放在什么地方。那么这个计划做好以后，会生成一条一条的作业指令，每一条作业指令，对应一个箱的一个操作。集装箱一旦被从堆场拖到岸边的时候，岸边的作业理货会指示这个箱子应该放在什么位置，那么吊机会把这个箱子放到相应的位置。

一旦这个船舶离港的时候，码头系统会生成一个离港的一个 EDI（电子数据交换）报文，会发送到下一个港口，那么船公司就获得这个很准确的信息，这些箱子都装在什么位置，而且这些位置都是非常准确的。

信息化的成果不仅体现在对海量信息的精准处理上，也体现在细小环节中对人的悉心关怀上。

这里是全国信息化程度最高的工装清洗站，位于宁波镇海港区。

工人每天下班的时候将工作服投进洗衣站，上班的时候再将洗净的衣物取回。取衣服的过程平均只需要 10 秒钟。这又是如何实现的呢？

原来，每一套衣服上都缝进了电子芯片，通过计算机识别管理，做到了 365 天 24 小时自动交取工作服。这不仅能大大节省时间，还能彻底杜绝衣服混淆错拿的问题，给工人们提供了很大的方便。

传统上，货物的集疏运是港口的核心业务，也是其最主要的功能定位。然而，随着全球港口竞争的白热化，要持续在物流业务上获得大幅利润增长，已变得日益困难。越来越多的港口开始寻求综合化业务拓展，提供物流以外的其他增值服务。

在新的港口经济格局下，港口业务正向上下游产业延伸，在供应链物流、航运金融、临港工业、港口地产、休闲旅游等各领域开拓新的增长点。

这里是位于深圳蛇口的招商局保税区，现已实现海外配送前移。发往同一货主的不同商品可以在保税区进行集拼，供货方提供给不同货主的商品也可以在这里分装。

采访 招商局保税物流有限公司营运部总经理 王 林

我们这个仓库是为一家美国大型的零售商提供服务的，他这家服务商主要是在华南地区有不同的工厂，采购了货物，集中到我们这个仓库，然后我们负责把不同工厂的货集中到一个集装箱里，运到美国，进行它的一个DC（分配中心）仓的一个分配。这个工作原来有可能在美国那边，它是在美国的DC（分配中心）仓进行分捡，然后现在这个工作提前到我们国内这边保税港区进行做，这样的话为客户减少了很多的物流成本和人工成本。我们来看一下这个货物的种类有哪些，货物主要是日用百货类，其中有，包括儿童玩具，电子产品，还有一些家具类。这些产品呢，在美国的超市里会经常见到。

同时，利用内地仓租和人工成本相对低廉的优势，这里已成为香港很多门店的存货地。在货主有紧急货运业务时，他们不仅可以帮助报关后置，还能提前结算货款，加快货主的资金流动。

同期声

师傅，这个可以了。你去这边办一下车辆登记。

好的，谢谢。

通过一系列新业务拓展和精细化管理举措，各种增值服务正在给保税区创造新的利润空间。

这里是北方第一大港天津港。

以前，很多位于内陆的企业都遇到过这样的问题：进口一套超大型设备，在运往目的地的途中历尽艰辛，一路上要拆除收费站、加固桥梁、抬高输电线……这些费用加起来有可能高达数百上千万元。同样，企业生产的大型设备要经过港口启运，也会遇到同样的麻烦。

因此，大力发展临港工业区和产业带将是未来港口发展的趋势。目前，天津的临港工业区面向内地招商，以自建码头的优势吸引了大批企业，大大降低了这些企业的物流成本。

采访 天津金岸重工有限公司生产管理部经理　郭嘉欣

我们的企业主要是从事大型岸边装卸设备的制造，在过去像我们这样的企业，多数是座落于内陆地区，受运输的限制，往往这个产品不能做成整体，需要做成单件，往往在运输过程当中会受路面宽度、高速公路收费站卡口这些个因素的影响。现在我们的企业就直接建在一个岸边，我们拥有四百米的岸线，而且在制作过程当中，我可以进行整机的制作调试，然后通过水运直接运输到业主的码头，这样同时既节省了占用业主码头的时间，也提高了业主码头使用效率。

在一般人的印象中，港口上都是进进出出的车辆、上上下下的起重机、遍地的集装箱和吵闹的机器声。简言之，人们通常把港口视作忙碌的工作地，很少能将其与休闲、旅游联系在一起。然而随着工业旅游的兴起，依托港口建设或改建的休闲旅游项目正越来越受到个人和家庭的青睐。

东疆的旅游沙滩是天津港临港经济建设的一个项目。未来这里为城市提供新景观，为市民提供旅游休闲场所，也为天津港的综合性发展提供了新的方向。

无独有偶，日照港正在规划，将已经有15年历史的卸煤作业线改造成一个工业旅游项目，与附近的游艇码头遥相呼应，成为日照市新的风景点。

北海港是自然环境优越的避风港。每到台风季节，附近的渔船和货船都会停泊在这里躲避风浪。港区里的两台门机是上世纪七十年代建立起来的，墙壁和大门上还遗留着那个时代的标语。现在它们的任务就是向游客讲述港区的历史。

我们的视线穿过北海港区的集装箱堆场，远处是一片即将建好的游艇泊位。

游艇在人们的印象中，还是奢华昂贵的休闲项目，似乎离普通人的生活很遥远。但是在欧美国家，全家人在夏天去往海边，乘坐游艇出海度假是平常的娱乐方式。随着中国人收入的增加，和对新型休闲度假方式的向往，游艇也开始进入中国人的生活。

是的，就在三十年前，我们或许不敢想象寻常百姓可以拥有私家汽车，更是很少有人预见到车位短缺、交通堵塞的问题。而就在游艇悄然进入国人的视野时，北海港已经先行一步，开始营建游艇泊位。

采访 **广西北部港邮轮码头有限公司副总经理　方　博**

它是一个比较老的港口，它既做散杂货，也做集装箱。所以整个堆场看起来是相对的，就是说比较杂乱。我们就想把原有的北海港进行改造，升级改造，以邮轮、游艇产业为主，来做这么一个产业的改造吧。

我们对这个产业的规划，应该是在 2012 年大概就开始了。游艇泊位根据港池的面积，我们估计应该可以规划大概四到五十，四到五十个泊位出来，价格亲民一些的游艇。能够说让大家通过一个相对低廉的价格，就能够享受到海洋的生活，而不是一种非常奢靡非常高端的一个东西，我们是想把它变成一种大众的生活方式，一个娱乐方式。

青岛的董家口港区正在致力于打造第四代港口，其中的一个关键就是要形成大宗商品的交易平台，强化港口的金融功能。

采访 青岛建港指挥部指挥　苏建光

以往的港口就是装装卸卸，搬搬抬抬就行了。现在这个港口，它是在物流链条上需要延长，要给货主提供一些超值的，增值的一些服务。那咱们作为第四代港口的一个显著特点，就是要打造一个交易平台，就是咱们一些大宗散货，你像我们这边矿石、煤炭等等这一类，原油、期货的交割，一些期货指数的一些确定。那么在港口这个地方，现在大连港确实也有，我们这边下一步也要打造这个，那么这个就是第四代港口的一个概念。

伴随着各种专业化增值服务和新兴业态的涌现，港口摆脱了传统装卸货集疏运的刻板形象，站在了全球经济发展的最前沿，实现了华丽的转身。港口的功能正在得到全方位拓展，港口经济的版图呈现出了新的格局。在建设"一带一路"的背景下，这一趋势将加速发展，而中国港口也有望扮演更为重要的角色。

港口既是全球经济增长的重要推动力，同时也是世界上主要的耗能单位和污染源头之一。一般而言，港口城市由于船舶到港、大功率装卸设备和运输设备的运作，其产生的污染要比非港口城市多20%左右。无论对港口工人还是对普通市民而言，在享受着港口带来的巨大便利的同时，也在承受着不小的生态代价。因此，提升环保能力，建设绿色港口，还最好的风景给居民，是未来全球港口发展面对的重大课题。

目前，许多中国港口都已开启了建设"绿色港口"的行动，通过技术创新、节能减排等方式，将绿色环保和可持续发展的理念贯穿港口生产、建设的全过程。

位于我国改革开放前沿的深圳港,在绿色港口建设方面,也走在了前列。

这是阮浩文,招商局深圳西部港区一位普通的龙门吊司机。休息的时候,他来到商场买了一件白衬衣。

可别小看这么一件事。因为在几年前,阮师傅几乎没有穿过白色的衬衣。

同期声

帅哥。

你好,阮师傅你看起来好帅。

那时候货场上烟尘滚滚,一件衬衣穿上一天就脏得不成样子了,穿白色衣服上班几乎是不可想象的事情。

从2006年开始,西部港区启动了集装箱龙门起重机的油改电项目,采用高效清洁的电能代替原有的柴油。这一举措,每年可为码头节约燃油一万多吨,减少废气排放两万多吨。而码头对柴油的依存度从过去的72%下降为现在的24%。未来,这一数字还有望进一步降低。

盐田港则率先完成了集装箱卡车的"油改气"工作。与传统的柴油拖车相比,液化天然气拖车节能减排效果十分明显。一氧化碳排放量降低99%、碳氢化合物排放量降低83%、颗粒悬浮物减低90%。目前,已有284辆液化天然气拖车在码头内投入使用。同时,盐田港区还建有7座污水处理站,处理日常操作维修中产生的全部油污水、洗箱废水。处理后的水质达到了国家二级排放标准,可循环用于养鱼、浇灌和洗车。

这是宁波舟山港的油料码头。

今天这里的气氛十分紧张，原来码头上正在进行一场消防演习。多部门协同配合，海上陆上立体防卫，建立有效的安全机制，是港口持续稳定发展的重要保障。

为彻底改善港口城市的环境质量，交通运输部出台了排放控制区政策。这是中国港口迈向世界先进管理水平的一大步。

采访　**大连海事大学教授　朱益民**

自理排放区是最严厉的环保措施，也是为了履行国际公约所响应的，同时也是为了保护环境，为了达到这样的一个标准，可以采用含硫量低的那种油，也可以采用等效的方式，用尾气后处理，包括脱硫、脱硝。这样呢，排放出来的废气达到等效率低硫油排放的这个限制。

这里是世界最大的煤炭输出港秦皇岛港。

与一般人想象的不同，这里并没有遮天蔽日的粉尘、污水横流的货场。为做好港口的煤粉尘控制工作，秦皇岛港建立了从翻车机房到装船作业大机的全覆盖式抑尘除尘系统。即便近在咫尺，也感觉不到烟尘的袭扰。

目前，多种领先的环保技术已被应用到秦皇岛港港口生产的各环节。在翻车机房和转接塔，设有干式除尘器和湿式除尘器，在煤炭翻卸、运转、堆存、装载的瞬间吸尘或抑尘；被卸下的煤炭通过防尘罩下的皮带机运送到达堆场，运输全线全封闭；在皮带机沿线设有随机淋洒设施，可减少煤炭在运输过程中的起尘；在堆场周围设有完备的喷枪系统，使煤炭表层保持一定的含水率。

为有效降低堆场煤炭被风吹起尘，秦皇岛港还启动了煤炭堆场防尘网建设工程。目前，这里已建成总长达 5038 米，是迄今为止国内乃至亚洲建设规模最大、技术领先的防风网工程，有效提高了港区大气环境质量，守护着秦皇岛市的一方碧海蓝天。

没有环境意识就没有港口的未来，这是所有港口人的共识。唯有绿色的港口，才有可能串联起一条绿色的新丝绸之路。

采访 上海行政学院青年学者　邹　磊

中国港口航运企业走出去，既是他们在改革开放以后，尤其是全面参与全球经济过程当中，形成的一整套建设管理运营经验的整体性输出，也是直接参与"一带一路"建设。这不仅可以促进沿线国家的互联互通，改善物流贸易的条件，同时也可以通过前港后园、工人培训、联合运营等能方式促进沿线国家的新型工业化。然后呢，这个是给南南合作带来了一种新的空间。同时未来中国其实也可以和发达国家的企业一起来开发第三方市场，这也为南北合作提供一种新的可能性。

以建设"一带一路"为契机，青岛港正在大力实施国际化战略，积极开展与海上丝绸之路沿线港口的合作。

同期声

中国国家主席习近平乘专机抵达伊斯兰堡开始对巴基斯坦进行国事访问。

2015 年 4 月 23 日，青岛港与巴基斯坦瓜达尔港正式签署友好港协议书。根据友好港协议，两港将充分发挥作为中巴经贸联系窗口的作用，建设便捷高效的双向物流通道，建立港口信息交流机制，开设海上航线，增加两港间的贸易量。

4 月 27 日，青岛港又与东南亚柬埔寨王国第一大港西哈努克港签署友好合作意向书。

在缅甸马德岛的中缅原油码头，同样活跃着青岛港员工的身影。

烟台港位于山东半岛北侧，扼守渤海湾口，位于东北亚国际经济圈的核心地带。随着国家"一带一路"战略的提出，烟台港除了大力发展与日韩的航运经济外，还将目光望向了遥远的非洲大陆。他们仅用了四个月的时间，就在西非西岸荒芜的河滩建成了一座具有现代化装船能力的码头。

2015 年 7 月 20 日，几内亚博凯码头举行了盛大的投运装船仪式，"韦立信心"轮满载 18 万吨铝土矿启航。古代的海上丝绸之路曾通达非洲，而今天的集多式联运为一体的产业物流链，以及由此形成的矿业港口联盟则又一次将亚洲非洲两块大陆紧紧联系在一起。这条航路将成为几内亚人民从矿业资源开发中广泛受益的"致富路"。

"比雷埃夫斯港口……在雅典西南七公里的地方，为雅典最重要的港口。"这是古希腊哲学家柏拉图的《理想国》中最开始的描述。如今，这里依然是希腊最重要的港口，是通往欧洲的南大门。

目前，欧盟已成为中国的最大贸易伙伴，其中约 80% 以上的中国货物经海运抵达欧洲。从中国的东部沿海港口始发，通过苏伊士运河经地中海到达比雷埃夫斯港，可以比传统航线缩短 7 至 11 天时间转运至欧洲腹地，是中国到欧洲最短的海运航线。

2008 年 6 月，中国远洋集团中标比雷埃夫斯港集装箱 2、3 号码头 35 年特许经营权。自中希港口合作以来，比雷埃夫斯港已成为世界上吞吐量增长最快的码头之一。2014 年 12 月，李克强总理在出访中东欧时宣布，中国、塞尔维亚、匈牙利三国同意将中方承建的匈塞铁路延伸至比雷埃夫斯港，共同打造"中欧陆海快线"。

作为"一带一路"建设的旗舰项目，"中欧陆海快线"既是目前我国居国际领先水平的港口和高铁建设、运营经验在海外的成功结合，也是促进中欧、亚欧贸易路线优化升级的重要举措，未来中国商品无需经汉堡、鹿特丹等传统西欧港口，可直接输往中东欧国家，其辐射人口将达到3200万。

近年来，国有大型企业响应国家号召，大力拓展海外业务，加速海外布局。

招商局集团港口网络已分布于全球15个国家，涵盖28个城市的57个码头。

让我们将目光再次转向科伦坡港。他叫Rohan，担任码头现场监督。Rohan虽然没有到过中国，但却对中国有着特别的感情。几十年前，他的姑姑曾经作为斯里兰卡的外交官到访过中国，并且见过周恩来总理。

他的儿子Samarasinghe今年22岁，是科伦坡国际航海工程学院即将毕业的大学生，这所学校与大连海事大学有合作课程。目前，Samarasinghe正在科伦坡国际集装箱码头实习，他希望毕业后也能到港口工作。

中国企业在海外建设、运营、管理的港口，正在悄然改变着当地人的生活。而这对斯里兰卡和"一带一路"沿线国家来说，却仅仅是个开始。

我们结交海洋合作伙伴，分享发展经验，传承生生不息的丝路精神。

采访 招商局集团董事长　李建红

记得我们三十多年以前中国的改革开放，不也就是许多国外的投资者，利用国际产能，来填补中国当初市场经济发展的所需吗？现在实际上到了我们走出去的时候了。

从古老的丝绸之路，到改革开放后全面参与全球经济合作，再到新时期的"一带一路"，港口始终是中国与沿线国家和国际社会深度交融、合作共赢的纽带。

采访 交通运输部原部长 黄镇东

港口要适应我们"一带一路"的建设，那么港口要谋求自己的发展和在这个"一带一路"当中的定位。我觉得现在港口经过三十年改革开放以来的建设，我们现在要集中研究的是如何用改革的思路来加快港口发展。要按中央提出的"五大发展理念"的指导思想，集中研究我们供给侧结构改革问题。有不适应的地方，也就是结构改革当中，对过剩的一些港口吞吐能力，怎样把它调整到适应市场需求的，也就是适应消费侧需求的，这是我们港口面临的第三次改革。我觉得这次改革如果在这个问题上取得突破或者进展，我们就能适应"一带一路"的建设。从国际上是全球化的需要，从我们自己来说，是我们自身经济全面建成小康社会的需要。

中国的港口，是我们的经济巨轮向更深更广的大洋前进的基地。

港口的可持续发展关系着民族复兴的伟大事业，是对海洋文明的深刻认知和再度解读。

踏上"一带一路"的征程，谱写出中国与沿线国家互联互通、合作共赢、绿色发展的新篇章，是我们面临的伟大机遇，也将是中华儿女为世界和平发展做出的贡献。

站在新的历史起点上，启程的号角已然在港口吹响。蓝天碧海在召唤，中国港口将以崭新的思维引领发展的脚步，将以宽广的胸襟拥抱五湖四海的朋友。

中国港口，使命必达。